KB106015

그들의 말
혹은 침묵

Ce qu'ils disent ou rien

그들의 말 혹은 침묵

Annie Ernaux

아니 에르노 장편 소설
정혜용 옮김

민음사

똥강아지들, 에릭과 다비드에게

차례

그들의 말 혹은 침묵

가끔 내게 비밀이 있다는 느낌이 든다. 그런데 비밀은 아니다. 그것에 대해 누군가에게 말하고 싶은 욕구가 없고, 누군가에게 말할 수 있는 성질의 것도 아니니까. 정말 이상도 하지. 셸린은 한 학년 위인 고등학생 남자애와 사귄다. 걔는 4시면 우체국 거리 모퉁이에서 셸린을 기다린다. 적어도 그건, 셸린의 비밀이란 건 훤히 보인다. 내가 셸린이라면 그런 비밀은 숨기지조차 않을 텐데. 하지만 내 경우에는 형체가 없다. 그 생각만 하면 스스로가 둔하게 느껴지고 굼벵이가 된 것 같다. 더 제대로 이해하게 될 순간까지, 열여덟 어쩌면 스무 살이 될 때까지, 쭈욱 자고 싶다. 모든 게 명확해지고 제자리를 찾는 날이 있겠지. 그땐 차분하게, 똑바로 걸어가기만 하면 될 거야. 결혼도 하고, 애도 둘 있고, 직업도 너무 볼품없지 않고. 장래 희망에 대해 적을 것. 작문 주제였고, 좋은 점수를 받았더랬다. 장래라. 앞으로 몇 년 동안 책에 파묻혀 보낼 생각을 하면 머릿속이 휑하다. 내가 아직 알지 못하는 그 모든 지식, 그걸 글로 쓰고 말로 표현해야겠지. 아주 어려선 일부러 침대 속으로 파고들었고 일어나려고 들지 않았다. 그곳은 어둡고 아주 따뜻했다. 지금도 마찬가지. 하지만 지난해엔 고등학교(수학, 물리학 계열)에 들어갈 일만 생각했다. 교사들이 우리에게 겁을 줬다는 얘기를 안 할 수 없겠지. 빠듯해요, 아주 빠듯해, 여러분 점수가…… 침착하고, 우수해요. 하지만 수학 계열엔 어림도 없다는 의미. 누가 똑똑하지 말랬니, 우리 책임은 아니지. 집에서는 어머니가 팔팔 뛰었다. 수학이 8점이야! 그것도 점수라고. 좀 더 밀어붙여 봐, 된다고. 공장에서 인생 종치고 싶은 건 아니지? 그녀가 옳다는 걸 잘 안다. 반박할 말, 없다. 만약 고등학교에 가지 않았더라면 그 길로 끝, 돈 벌러 나갔겠지. 어쨌든, 지난 3월, 진로를 결정할 때 어머니가 성가시게 굴었고, 난 그녀가 싫었다. 잠자코 있는 게 더 나았을 텐데. 이제는 마음을 놓았을 테니, 대입까지 난리 칠 일은 없겠지. 학년 말에 퇴학 맞거나 상업반으로 내려갈 수도 있다는 건 알려 주지 않았다. 알면 일 년 내내 시끄럽게 굴 거 아냐. 두 사람은 초등학교 졸업장만 있는 주제에, 학업 문제에 있어선 셀린의 부모, 엔지니어랬던가, 뭐 그 비슷한 일을 하는 셀린의 부모보다도 천 배는 더 짜증 나게 군다. 사실, 걔네 부모, 그 사람들이 소리칠 필요야 없지. 그들이야 생생한 성공 사례니까. 하지만 우리 부모는 노동자니, 난 그들의 현재 모습이 아니라 그들이 말하는 것이 되어야만 한다. 여전히 지금도 교사가 되고 싶긴 하지만, 거기 도달할 수 있을지 모르겠다. 늘 걱정스럽게 바라보면서, 정말 신경질 나게 해, 아버진. 맨날 책에 코를 처박고 있으면 골치가 안 아프냐? 독서가 그의 강점은 아니다. 기껏해야 지역 신문 《파리-노르망디》나 읽고 중앙 일간지 《프랑스 수아르》를 조금 읽는 정도니. 가끔, 글을 읽을 때 방심하면 입술을 우물거린다. 어쩌면 그가 옳을지도. 공부는 너무 힘들다. 고등학교 개학 날, 이젠 공부에만 신경 쓸 것 같았다. 반에서 내가 아는 애라고는 셀린, 그리고 순해 빠진 열네 살짜리 남자애 한 명뿐이다. 나머지는 다 몰랐다. 이제 국어 작문을 해야 하는데, 아무 생각이 없다. 교사는 내 글에 조리가 없다고 타박한다. 첫 번째 과제에 이런 의견을 적어 줬다. 주제는 좋았지만 이런저런 점이 부족했다. '좋았지만'이라니, 반과거네. 주제를 제대로 다루는 법을 절대 깨치지 못하겠지. 반(半)과거, 완료되지 않은 과거, 바로 그거야. 돌이킬 수도, 뭐 하나 바꿀 수도 없는 시제. 작문에서만 나타나는 문제라면야. 굴러떨어지는 내 모습이 눈에 선하다. 내가 느끼는 걸 뭐라고 불러야 할지조차 모르겠다. 사랑에 빠졌지만, 그게 무슨 소용일까, 그 애를 다시 보지 못할 텐데. 그리고 남자애들 전부 다 역겹다. 가끔 겁이 난다. 공장이 그렇다는 게 아니다. 두 사람이, 어머니 아버지가 호들갑을 떠는 거다. 난 사무실의 말단 직원 자리 하나 정도는 너끈히 찾아낼 테니까. 더 이상 그 어떤 일에도 의욕이 없는 것, 나 같은 부류가 나 혼자라는 사실은 겁이 난다. 넌 다른 애들 같지가 않아, 네 입을 열게 하려면 어찌나 힘이 드는지, 다른 애들은 상냥도 하더만, 걔들은 우리가 네게 해 주는 걸 받으면 엄청 고마워할걸. 늘 비교질. 그것도 절대 나랑 같은 처지의 여자애들과는 아니다. 왜 다른 여자애들은 그렇게 투명할까. 셀린, 걔가 수학 수업에 들어가려고 앞장서서 올라갈 때, 등은 거의 움직이지 않고 오로지 엉덩이만 보기 좋게 움직인다. 벌써 해 봤을까? 마른 데다 그 애처럼 커다란 젖가슴도 없는 난, 걔 뒤에 있으면 스스로가 벼룩처럼 느껴진다. 난 어떻게 보일까. 여전히 중학교 과정이 끝나 가던 그 무렵, 6월이면 좋으련만. 날이 푹푹 쪘더랬지. 티브이 뉴스가 끝나고 밖에 나간 아버지가 말했다. 텃밭 때문에라도 비가 와야 할 텐데. 어제, 신발 가게 진열창에 비친 내 모습을 봤다. 비가 억수로 쏟아져서 머리가 온통 부스스했다. 방학이 정말로 끝났네. 난 안경을 쓰면 못생겨 보인다. 그래도 이젠 안경을 벗지 않는다. 안경 때문에 콧등 양옆으로 작은 자국이 생겼는데, 수업이 너무 지겨우면 수업 중에 그 자국을 만지작거린다. 이젠 개의치 않는다. 그런 자국이야 남든 말든. 어머니가, 천연덕스럽게 학교 가는 내 모습을 지켜본다. 안경이 잘 어울리네, 아주 좋아, 진지해 보여. 식구들끼리는 내가 교사처럼 보인다고 말하는데, 적어도, 안경을 쓰고 있긴 하다. 중학교 마지막 학년이 끝나 가던 6월에 안경을 벗기 시작했다. 처음에는 적응하기 쉽지 않았고, 저쪽 길에 있는 사람들을 구별하기 힘들었다. 그들은 뿌연 빛에 잠겨 지나갔고, 조정이 안 된 컬러 티브이를 보는 것 같았다. 문제는 자신이 전혀 없으니 인사를 건넬 수 없다는 거였다. 얼굴을 착각해서 정신 나간 애로 보이고 싶지 않았다. 평소에 인사하며 지내던 사람들을 쳐내는 것 역시 곤란했다. 교사나 얼굴만 알고 지내는 주요 인사들이나 이웃에게 인사를 하지 않았다간 집에서 생난리가 난다. 몇 살이 되면 그런 생각 없이 그냥 인사를 할까. 초등학생일 때는 더 끔찍했다. 그게 너무 짜증이 나서 아예 건너편 길로 옮겨 가곤 했다. 종묘상 바슐로 씨 부인은 자기 집 철책 뒤에 서서 절대 눈길을 주는 법 없이, 그저 무시무시하게 뻣뻣한 자세로 서 있었다. 안녕하세요. 인사를 받아 주지 않았고, 그러고 나선 그저 날 위아래로 샅샅이 훑어 댔다. 인사를 하느니 박살 나고 말겠어, 고약한 할망구. 그 여자가 어머니에게, 내가 자기 집을 코앞에 두고 인도에서 내려서더라고 일러바쳤다. 그 집 애, 제가 뭐나 되는 줄 아나 봐. 호되게 꾸중을 들었다. 바슐로네 인간들, 건드리면 안 된다, 무시무시하게 돈이 많으니까. 하지만 잘난 체는 않는다. 우리 부모는 그들에게 돈이 많은 걸 당연하게 여기다시피 한다. 돈이 한 푼도 없는 사람들처럼 구니까. 사람들 모습이 아예 분간 안 되니, 그런 문제가 말끔히 정리됐다. 난 원피스 아래 아무것도 받쳐 입지 않고서, 목 부분이 깊게 파이고 상체에 꼭 달라붙는 끈 달린 원피스만 걸쳤다. 걸음을 빨리하면, 천이 다리 사이로 빨려 들어가며 뒤로 날려서 내 몸이 싹 다 드러난다. 넌, 늘 네게 맞지 않는 걸 원하더라, 그 돈을 줄 거면 더 풋풋하고 더 네 나이에 맞는 걸 살 수도 있었을 텐데, 그저 튀려고. 그러면서도 어머니는 내가 고르게 내버려 뒀고, 그러고 나서 잔소리를 해 댔다. 사실, 나도 살짝 창피했지만 그런 옷을 입은 내 모습을 보여 줘야 할 것 같았다. 계속 어린애로 남아 있을 수는 없는 법. 안경만 가방에 집어넣으면 속옷 바람으로도 나다닐 판이었다. 어머니나 아버지를 만나면 언제라도, 안경에 더러운 게 묻어서 벗어 뒀다고 말하면 되리라. 변명할 준비를 제대로 하고 있어야 한다. 느낌이 묘한 게, 잡지《주르 드 프랑스》에서처럼 흐릿하게 보이는 관중의 수많은 눈길을 받으며 패션쇼를 하는 것 같았다. 땀이 나서 가랑이 사이가 들러붙는 통에, 줄줄이 이어지는 카페 테라스 앞, 우체국 광장을 지나 중학교에 도착해서 운동장 처음 십여 미터를 지나갈 때, 자연스럽게 걷기가 쉽지 않았다. 남자애들이, 여자애들 역시, 내가 정말 가슴이 나왔는지 지켜본다. 난 그닥 눈길을 떨구지 않았다. 애들이 자빽이라고 생각했을까. 난 서두르지 않고 원피스 안에 블라우스를 받쳐 입고서 교실로 올라갔다. 지난해만 됐어도 그럴 엄두를 내지 못했을 텐데. 가슴이 충분히 나오지 않았을 때니까. 이번 해에는 중학교 졸업 시험이 있었고 난관이 있다는 게 좀 튀어도 된다는 허락 같았다. 늘, 두 가지 두려움을 동시에 가질 수는 없다고 생각해 왔다. 저울에 올려놓으면 가장 강한 쪽이 이기기 마련이다. 그때는, 그게 시험이었다. 게다가 학교가 개판이 되었다. 아직 출석 점검을 했지만, 쓸데없는 짓이었다. 벌써 가방 싸서 떠난 애들 이름을 꼼꼼히 기록하는 꼴을 보고 있으면 어째 영리해 보이지 않았다, 그 교사란 작자들은. 6월에 들어서자 날 대하는 그들의 태도가 눈에 띄게 누그러졌다. 그들의 위협이 더는 먹히지 않았다. 중학교 졸업 시험마저도 그들의 소관이 아니었다. 그들 역시 우리만큼이나 출제된 문제를 보고 놀랄 테고, 이번에 알게 된 걸 내년에 또 다른 학생들을 상대로 되뇌겠지. 그들은 학생들을 일 년, 기껏해야 이 년 정도 성가시게 할 수 있다. 하지만 그 뒤로는, 어림 반 푼어치도 없지, 엿이나 먹어라. 우린 앞으로 나아가지만 그들은 아니다. 교과서를 뒤적거렸다. 다시 풀 일 없을 수학 문제들도. 마지막 학년 초에는 그중 어떤 문제들을 보면 이가 딱딱 마주칠 정도로 두려웠지만 이제 그런 영향력도 끝. 조금 나이 든 느낌이었다. 더운 날이라 보리수 밑에서 수업을 진행했다. 그 6월을 조금 더 길게 누릴 수 있었다면 좋았으련만. '그것' 생각을 분명하게 한 건 그때가 처음이었다. 그땐 행복했다. 시험이 있고 시험 공부가 있는 건 짜증났지만. 내게 다가오는 모든 걸 느긋하게 맞이하고 누렸더라면 좋았을 텐데. 시험이 다가온다는 생각에 시야가 좀 막혔더랬다. 이런 생각을 하고 있었다. 시험에 떨어지면 막살겠어, 아무 남자하고라도 자야지, 이미 망한 거 질러나 봐야지. 늘 '그것'을 해 보기 전에 죽을까 겁이 났다. 그 전의 삶은 사는 재미가 없었다. 칙칙한 유년기 내내 '그것'만 생각했는데, 말짱 꽝이라면, 더구나 죽을 게 뻔했다면, 예를 들어 전쟁 통이라면, 처음 만나는 남자에게 달려들었을 거다. 학교 친구들, 정 안 되면 보조 교사 프랑수아에게라도. 전쟁이 일어났다면, 그랬을 거다. 하지만 수요를 감당하지는 못했겠지. 나보다 더 예쁜 여자애들이 있으니. 뜨거운 열기가 끈적거리는 생각들을 불러일으켰다. 다른 사람에게 말하려면 창피했겠지만 그런 생각이 든 건 창피하지 않았다. 곧 중학교도 끝이었다. 어딘가로 떠날 텐데, 그건 사고에 자유로움을 준다. 주변 여자애들의 몸을 그만큼 눈여겨본 적이 없었다, 사실 겨울에야 옷을 잔뜩 지고 있으니 뭐. 살집, 엉덩이, 다리, 머리카락 등을 나와 비교했다. 내 몸은 어디쯤 있나. 키는 오딜만 하고, 머리카락은 셀린처럼 갈색인데, 가슴은 브래지어를 하고 있어서 알아내기 어렵다. 우수한 학업 성적과 잘빠진 몸매 중 뭐가 더 좋으려나. 둘 다 원하는 건 심하지. 살면서 다 가질 수는 없는 법. 곁에서 보아도 티가 확 날 정도면, 지능이 떨어져 보인다. 교사들조차 몸매가 너무 끝내주는 여자애들을 미심쩍게 본다. 6월에, 셀린은 머리카락을 묶어 올렸으므로 촉촉한 목덜미가 보였다. 셀린은 벽에 기대어 있는데, 그 부분의 청바지가 움쑥 들어간 게 보이면 민망하니까 두 다리를 벌린 자세였다. 셀린의 모습에 어떤 날이 떠올랐다. 세자린 거리의 이전 집, 연장들을 놔둔 골방, 그 애의 웃음, 그 뱁새눈, 엎어 놓은 상자에 앉아 있던 모습, 그리고 "그놈." 우리끼린 그걸 그렇게 불렀고, 그 애의 웃음과 그 애의 좁쌀 돋은 듯 오돌토돌한 엉덩이와 마찬가지로, 그 애의 것과 나의 것이 다름을 알게 됐더랬다. 말랑거리고 장밋빛인 나만의 비밀을 알게 되었다. 그건 할머니가 암탉을 잡을 때 가위로 억지로 여는 닭부리의 안쪽과 비슷했다. 벌써 그 애는 거기 털이 돋기 시작했는데, 나도 언젠가는…… 알지, 피 잔뜩 묻은 생리대 꼭 보여 줘야 해. 그런데 그 애는 알베르트, 셸린이 아니었다. 이젠 서로 그런 걸 보여 주지 않겠지. "그놈"도, 그 무엇도, 심지어 한 달에 한 번 붉은 장미가 찾아와도 그런 쪽으로는 아무 말도 안 한다. 예외가 있긴 하다. 오늘은 수영장에 못 가. 아, 그래! 몸이 불편한 날이구나. 하지만 처음 그게 시작됐을 땐 다른 사람들이, 물론 남자애들은 말고, 알아줬으면 했지만 그럴 만한 기회는 오지 않았다. 학년 말이 되면서 같은 반 여자애들과 즐겨 어울리곤 했다. 마치 그 무엇도 우리를 떼어 놓을 수 없다는 듯이, 나란히 누워 햇볕을 쬐고 보리수 뒤에 숨어서 담배도 피웠다. 교사들에겐 한참 곱씹어야 알아먹거나 그럭저럭 혹은 후다닥 알아먹는 학생들이, 그러니까 꾼인 애들과 떨떨한 애들이 있다. 내게 강렬한 인상을 주는 건 그런 차이라기보다는 차라리 느긋함, 말하는 방식, 뭐라고 정의 내리기 힘든 그런 것들이다. 그리고 사소한 차이도 있었다. 바로 원피스. 6월에 새 원피스는 하나뿐이었고, 일주일이 지나니 모두 거기에 익숙해졌다. 네가 합

격하면, 다른 원피스 하나 사 주마. 내가 그걸 원했다면 그
건 그 즉시, 새 원피스를 보여 줄 수 있는 학기 중에였다.
그 뒤에야 방학이고, 늘 따분하기 짝이 없으니, 더 이상 그
다지 아쉬울 리 없지 않은가. 방학 역시 사소한 차이를 낳
는데, 방학 직전과 개학 때 그렇다. 셀린은 유고슬라비아
에 가기로 되어 있었지만, 나중이 되면 잊어 먹고 모두 다
시 비슷해진다. 난 어떤 여자애가 말하듯이 그 해변으로
도, 그런데 걔가 말하는 그 해변은 어디일까,¹ 유고슬라비
아로도 떠날 일은 없으리라. 집값을 다 치르려면 아직도
이 년이 남았다. 공간 셋에 정원 하나 딸린 집 한 채에 십
년동안 돈을 치러야 하다니. 여덟 살 무렵의 일이었고, 돈
문제가 영원할 것만 같으므로, 여전히 집은 완전히 우리
것이 아니다. 게다가 알베르트네가 있던 세자린 거리의 도
시 느낌과는 달리, 너절한 인간 두엇이 지나갈까 말까 한
외진 곳에 있다. 아버지는 8월에 휴가를 잡는다. 끽해야 백
킬로미터 떨어진 가족을 보러 가겠지. 일요일을 바닷가에

---

1   서민 가정에서 성장한 안은 중상류층의 휴가 문화에서 고유 명사로 쓰이는 해
변(La Côte)이 당연히 지중해와 변한 남프랑스의 유명 휴양지 코트다쥐르를 지칭한다
는 사실을 모른다.

서 보낸다면 하늘이 두 쪽 날 일. 몽돌 해변에서 할 게 뭐 있니, 따분하기나 하지, 그런 건 젊은 애들에게나 좋지. 난 아직도 젊은 애들 축에 못 끼나 보다. 어머니는 일주일에 사흘, 라 프티트 비테스 카페에 가서 일손을 거들겠지. 그러면서도 나 혼자 휴가를 떠나는 건 원치 않는다. 간다 한들 어디로 갈까. 방학 동안 뭔가 재미있는 일이라고는 단 하나도 일어나지 않으리라는 데 걸겠다. 가장 짜증 나는 것, 그건 배경음처럼 깔리는, 부모가 빚어내는 소음에서 9월까지 벗어나지 못하리라는 전망이었다. 그럴 것 같은 예감. 학교에 다니는 동안에는 그들을 자주 볼 일이 없다. 수업이니 토

론이니 체육이니, 수많은 상황이 있어서 그들의 말도 안 되는 헛소리를 잊고 지내지만, 이젠 벗어나지 못하겠지. 중학교 운동장에서는 1학년 애들이 우리에게 우르르 달려왔다. 중학교에 입학하던 때가, 그보다 앞서 초등학교 시절이 떠올랐다. 똑같이 먼지가 자욱이 이는 학년 말의 오후 시간, 멀찌감치 떨어져 있는 교사들, 끝나지 않는 쉬는 시간. 거슬러 올라갈수록 점점 더 역겨워지는 아이 적 모습들. 1학년 여자애들이 우리에게 다가와서 성가시게

구니 뺨따귀를 날리고 싶었다. 초등학교 시절, 어머니는 날 과잉보호해서 옷을 겹겹이 입혀 보냈다. 학교에서는 옷을 벗어 버렸으니, 난 늘 옷가지를 팔에 잔뜩 걸고 있었다. 고학년 언니들이 내 자유로운 한 손을 잡아당겼다. 얘, 와서 손수건 돌리기 하자. 그런데 이 옷짐을 어디에다 놓아야 하나. 네 소지품들을 훔쳐 갈지도 모르니까 조심해라. 어느 날, 등 뒤에 손수건이 놓였는데 알아차리지 못했더랬다. 술래가 내 어깨에 손을 대며 외쳤다. 양초! 난 놀이가 끝날 때까지 둥그렇게 둘러앉은 아이들 한가운데에 양초처럼 서 있었다. 스스로가 한심하고 아둔한 멍청이, '양초' 같았다. 어쨌든 곧 열여섯 살이 된다. 이젠 다르다.

중학교 졸업 시험을 보는 날 아침, 두 다리를 책상 아래로 길게 뻗고 수학 문제가 나오길 기다림. 녹색 블라우스를 입은 금발의 교사, 모노프리 슈퍼의 점원일 수도 있었을 텐데, 차이는 어딨을까. 그럴 때가 아닌 데 찾아든 어리석은 생각들. 그러고는 얍, 쉬지 않고 답을 써 나갔고 오전이 지나갔다. 뒤에 앉은 셀린이 어려워했지만, 귀띔을 해 줬다면 위험했겠지, 그리고 그다지 그러고 싶지도 않았다. 다음 날, 낮 12시까지 잤다. 그러고는 하루 종일 내게 무슨 일이 일어나고 있는 걸까 궁금해했다. 그때 모든 게 시작됐을까. 두 사람은 식사 중이었다. 아버지는 천천히 자기 몫의 빵을 잘랐고 그녀는 아무런 말도 없었다. 그녀가 나 때문에, 내가 안겨 준 걱정거리 때문에 화가 나 있음을 느꼈다. 개의치 않았다. 두 사람은 내게 아무개였을 수도 있었는데, 뭐. 넌 우리를 아무개처럼 대하는구나, 어떻게 됐는지 이야기도 해 주지 않고, 네가 시험을 어떻게 봤는지 잘 알 것 아니니! 바로 그거야, 나도 모른다고. 정말 해도 너무한다. 시험을 치르는 건 부모가 아닌데, 자식을 이리도 달달 볶아 댄다. 세상이 이상해 보였다. 그녀는 식사 때면 냅킨으로도 사용하는 부엌 행주로 뜨거운 완숙 달걀을 싸서 껍질을 깼다. 이러면 빨리 된단다. 잘게 자른 양파를 뿌린 토마토는 보기만 해도 토쏠렸다. 아버지가 1시 뉴스를 틀었다. 미국에서 회담이 열렸고 인플레가 다시 시작됐고 가뭄이 계속된다는데, 그걸 누가 모를까, 그건 내게 정말로 무의미해 보였다. 중요한 것, 그건 지금 이 순간, 숨 막히는 부엌, 방금 웅웅 돌아가기 시작한 냉장고, 밀랍 먹인 식탁보에 놓인 내 두 손, 내 접시 주변에 난 자잘한 나이프 자국들이었다. 목구멍이 조여들었다. 시험에 떨어질까 봐 두려워서, 중학교 졸업 시험 따위는 시험도 아니다, 그게 두려워서가 아니라 우리가 식탁에 둘러앉은 모습을 보는 게, 주변 사람들이 실제로는 내게 바싹 붙어 있는데 멀리멀리 아득히 멀리 떨어진 커다란 원처럼 느껴지는 게 두려웠다. 오후에 시내로 나갔다. 우리 동네에는 상점이고 뭐고 아무것도 없어서, 늘 그렇게들 말한다. 샴푸 사려고, 어머니에게 말했다. 그녀에게는 항상 이유가 필요하니까. 운명과 한판 떠 보려고 안경은 계속 쓴 채였다. 그렇게 공부만 팔 것 같고 생긴 게 별로면 한 번에 합격하겠지. 이상하게도, 알베르트를 만나서 막 중학교 졸업 시험을 봤다는 얘기를 할 수 있다면 좋을 것 같았다. 알베르트, 걔가 열네 살에 타이피스트가 되겠다며 기술 교육으로 진로를 잡은 뒤, 우린 자주 보지 못했고 만나도 서로 그다지 할 말이 없었다. 난 걔 생각을 하면서 오래된 남자용 공중변소 앞을 지나갔다. 생닭의 살 냄새, 끊임없이 졸졸 흐르는 물소리. 왜 여자애들은 저곳에 가면 안 된다는 거지? 두 발을 벌리면 우선 바짓가랑이 사이가 거치적거렸다. 오줌 마려, 애, 나 쌀 것 같아. 맹랑한 알베르트. 걘 더는 못 참겠다는 시늉을 했다. 혼자였다면 그 장소를 거쳐 갈 엄두조차 못 냈을 텐데. 들어갔다가 나오기 전에 혹시라도 누가 오지 않나, 인도를 살폈더랬다. 남자들도 자기네가 나오는 모습을 누가 볼까 봐 살피잖아. 그 사실을 일깨워 준 것도 알베르트였고, 걘 정말 별의별 생각을 다 했다. 하지만 이 년 전에 만났을 때 그저 잘 지내느냐고 안부만 서로 물었을 뿐이다. 걘 벌써 취직을 했고, 어쩌면 어렸을 때 서로 잠지를 보여 줬던 게 걸림돌로 작용하나 보다. 그런 건 중학교 졸업 시험과는 아무런 관계가 없었다. 길을 걸으며, 시험 결과가 나오면 지금의 이런 생각들이 떠오를 테고, 그게 늘 그 망할 시험과 엮여서 나오리라는 생각이 들었다. 그러고는 약국에 들러서 샴푸를 샀다. 약제사 조수의 얼굴이라니. 남자 생각은 나지 않았다. 돌아오는 길이 거의 일 킬로미터는 되니 나만을 위한 간단한 운세를 봤다. 난 늘 엄청난 양의 운세 보기를 가지고 있다. 《프랑스 수아르》에 실리는 운세 보기, 그건 틀릴 수밖에 없다. 모두를 위한 거니까. 반면에 난, 날 위한 운수 보기를 스스로 만들어 낸다. 하얀색 자동차를 연달아 세 대 만나면 구두시험 없이 합격일 거야. 자동차로 운수를 본 결과, 구두시험을 보게 되리라고 나왔는지 아닌지는 잊어버렸다. 집에 돌아가고 싶지 않았다. 부엌에서 카페오레를 한 잔 마셨다. 작문에는 김이 모락모락 올라오는 초콜릿 한 사발이라고 쓴다. 그게 더 나으니까. 티브이엔 볼 게 하나도 없었다. 더구나 그 앞에 죽치고 있으면, 그녀는 일 년 내내 내가 티브이를 너무 많이 본다고, 낙방해도 놀랍지 않다고 했겠지. 방에 있으니 이상한 느낌이 되돌아왔다. 어머니에게서 《팜 도주르디》를 가져와 뒀지만, 거기에 흥미가 생기지 않았다. 침대 앞에, 더위를 막느라 거대한 무당벌레 무늬의 붉은색 두툼한 무명 커튼을 쳐 놓아서, 불그레한 그림자가 드리워졌다. 오후가 저물 무렵 어머니는 거실에서 바느질을 시작했다. 반짇고리를 뒤지는 소리가 들렸다. 바늘들, 낡은 골무들 그리고 실꾸리와 뒤섞인 단추들이 부딪혀 나는 소리. 자그마한 소리. 그 소리가 아까부터 계속 귓속에서 들려오는 것 같았다. 그러고 있자니 늙음과 죽음이 생각났다. 중학교에서의 마지막 며칠은 아득하게 느껴졌고 앞은 전혀 보이지 않았다. 여름철, 어스름에 잠긴 침실은 묘하다. 참고 안 한 지 육 개월이나 지나기는 했지만 짜증 나는 하루였고, 완전 망친다 해도 아무렇지 않았다. 작년에 처음 했을 땐, 어머니든 그 누구든 바라볼 엄두가 나지 않았다. 그들이 분명히 알 것 같았다. 그리고 정상적인 여자애라면 그런 짓을 하면 안 된다. 아름다운 올곧은 시선, 초등학교 때 교사가 그런 말을 했다. 숨길 게 아무것도 없는. 그 무슨 고문이람. 육 개월, 그 사실을 떠올렸을 땐, 이미 너무 늦었다. 내 손에서 들큰하고 쌉싸름한 풀내가 났다. 이번 한 번만은 그다지 부끄럽지 않았다. 그건 거대한 무당벌레보다 더 좋을 것도 더 나쁠 것도 없이, 하루 전체 속으로 녹아들었다. 그건 부모와 상관없는 거였다. 심지어 좋았고, 그와 더불어 내 이상한 기분의 가운데에 놓였다. 고양이가 문을 긁어 댔다. 저녁까지 고양이는 내 베개 위에서 갸르릉거렸다. 온통 검고 두 눈은 초록색인 그 고양이가 난 아주 좋았다. 난 정말 그렇게 생각했을까, 통과 못하면 남자랑 자겠다고.

콧구멍 후비듯 쉽게 땄다, 중학교 졸업장을. 교사들이 내게 점수를 알려 줬다. 아버지가 퇴근해서 내 점수를 듣고 눈물을 글썽였는데, 다음 날 신문에 내 이름은 나고 치과의사 뒤부르의 딸은 이름이 없자 특히 그랬다. 걘 필기시험에서 폭삭 망했더랬다. 중학교 졸업장, 그런 건 직업을 구할 때 있으나 마나 한 것이라고 말해서 그의 자부심

25

을 망치고 싶지 않았다. 그녀는 어깨를 으쓱이면서 말했다. 돈으로 다 되는 건 아니야, 다행히 지능은 자신이 원하는 곳에서 싹튼다고. 난 그 지능의 씨앗이 빽빽하게 싹을 틔우지 못하는 곳이 있음을 발견했다. 예컨대, 우리 집안. 그들은 번번한 직업이 없고, 그저 장 삼촌만이 기계 제도사다. 혹은 지능이라는 게 존재했다면, 그런 건 이제 보이지 않는다. 그 말이 그 말이긴 하지만. 집안의 특색은 눈뿐, 그것도 가끔씩만. 어머니는 차분함을 유지했다. 공부하면 성공하기 마련이지, 넌 그럴 만했다. 그녀는 내가 잘난 척하지 못하게 일부러 나의 기쁨을 짓눌렀다. 그러다가 헛바람 든다고. 그녀는 내게 그 말, 헛바람 든다는 말을 여름내내 해 대리라. 집에서는 더 이상 합격한 얘기를 하지 않았지만 이웃이나 친척들 앞에서는 예외였다. 그 이야기에는 한 방이 있다. 듣는 쪽이 학업을 중단했거나 실패한 사람들이니까. 나의 즐거움이 며칠이나 갔는지는 기억나지 않는다. 시내로 나가 자잘한 쇼핑을 했고, 어깨끈 원피스만 입어서 맨 어깨를 내놨고, 안경은 벗은 뒤 주머니 속에 넣어 두고 마주치는 사람들이야 엿이나 먹으라며 내가 거둔 성공을 누렸다. 하지만 이 성공이 즉각 내게 다른 걸,

다른 즐거움들을 열어 주었으면 싶었다. 그게 무엇일지는 나도 몰랐지만 이런 방학은 아니다. 요컨대 보상이랄까. 두 달 반은 쉬겠구나, 네가 얼마나 운이 좋은지 알겠지, 적어도 개학 때엔 기운이 팔팔할 것 아니니. 휴식, 늘 그들과 함께 휴식하기, 즉 아무것도 안 하기. 휴식에 대한 그들의 병적인 집착이 지긋지긋하다. 대체 그들은 어디서 저런 생각을 낚았을까? 일요일마다 아버지는 티브이 말곤 시간을 어떻게 보내야 할지 모른다. 그것도 휴식이라고. 그녀는 백 프랑 선에서 원피스를 한 벌 사 주겠다고 약속했다. 그러니까, 네 중학교 졸업을 기념해야지 않겠니, 루앙에 갈 일이 생기면, 안과 말이야, 누벨 갈르리 백화점을 한 바퀴 돌아보면 어떨까? 그 말 많던 여름 원피스, 거의 지워졌지만 아직 살짝 남아 있는 풀물을 보고 마네, 그러지 말아야 한다는 걸 잘 알면서. 내 보기엔 보잘것없어 보이는 선물이었지만, 그들은 돈 치를 때가 되면 손이 오그라들었고 버거워했다. 어쨌든 난 그들이 어느 정도까지 날 위해 돈을 썼을지 잘 알지 못한다. 내가 원했던 건 정확히 뭘까. 7월 초의 어느 날 저녁, 무시무시한 비바람이 천둥 번개를 몰고 왔고, 아버지는 티브이로「투르 드 프랑스」를 보면서 평소 늘 마시던 리카르 약간에 물을 잔뜩 타서 들이켜고 있었다. 기계를 다루면서 술을 마셔서는 안 되기 때문이다. 술고래는 끝장이다. 비가 멎어서 창문을 열었더니, 비에 젖은 동네의 냄새가 침실로 밀려들었다. 거의 차갑게 느껴지는, 여름날 무더위가 지나가 버린 뒤의, 이미 끝난 것들의 냄새였다. 일주일 전만 해도 난 시험장에 있었고, 오 일 전만 해도 격자무늬 게시판에 적힌 내 이름을 보았고, 보름 전에는 중학교 운동장에서 햇볕을 즐겼더랬다. 이제 앞으로 몇몇 친구들도, 수염을 기른 보조 교사 프랑수아도 자주 볼 일이 없겠지. 베개 옆 벽지에 썼다, 안, 7월 2일. 그 시기면 해마다 그랬듯이 지겨워서 어쩔 줄 모르기 시작했고, 그런 상태를 그다지 잘 견디지 못했는데, 내게는 그게 부당해 보였다. 학교, 그건 끝이 없는 법이고 진정한 구렁텅이인데, 이번 한 번, 보다 커다란 판이 펼쳐질 것이므로, 고등학교에 가면 다른 얼굴의 교사들, 또 다른 학생들과 함께 다시 영점에서부터 출발한다고 여길 만했다. 그러니 이번 방학 역시 확연한 단절을 이루어야만 했는데. 난 침대에서 뒹굴었고, 그만큼 보내야 할 하루가 줄어들었고, 특히 그러다가 꿈도 몇 가지 꿨는데, 사촌 다니엘을 닮은 어떤 군인이 등장해서 소설에서처럼 날 두 팔로 꼭 끌어안았다. 알베르트의 수법이 생각났다. 아흐레 동안 별열세 개를 센다던가, 그 반대였던 것도 같은데, 그러면 미래의 남편이 꿈에 나타난댔다. 그러고는 13일의 금요일에 베개 밑에 얼음을 놓아두라고도 했다. 운도 없지, 13일이 하필 화요일이었다. 별 이야기가 더 그럴싸했다. 난 두 팔로 내 몸을 감싸고 잠을 잤다. 그게 도움이 될 수도 있으니까. 하지만 꿈을 꾸지는 않았다. 매일 아침 아버지가 출근 준비를 하면서 잠을 깨웠고, 난 그가 떠난 뒤 다시 잤다. 이 방에서 저 방 소리가 다 들린다. 6시 반이면 이불 속에서 돌아누우며, 어김없이 파고드는 그가 내는 온갖 소리를 듣지 않으려고 귀를 틀어막았다. 흡연자 특유의 걸걸한 기침, 당연히 격렬하게 내뱉는 침, 변소에서 이어지는 풍당풍당, 레인지에 부딪는 냄비 소리, 덜컥거리며 열렸다 닫히는 식탁 밑 수저 서랍, 막고 있던 귀를 열면 늘 소음 한가운데로 떨어졌고, 그의 출근 순간을 가늠할 수 있었다. 차가 출발하면 다시 잠에 빠져들었다. 이 더위에 저녁까지 일을 하겠네. 어쨌거나 그는 불평하지 않았고, 감독이 된 뒤로는 심지어 만족하는 편이었다. 10시까지 침대에서 빈둥거린다 한들, 내가 왜 양심의 가책을 느끼겠는가. 아버지에 대해, 집 밖에서의 그에 대해 아는 게 별로 없다는 생각이 찾아든 건 반쯤 잠이 든 상태에서였다. 그런데 꼬맹이였을 때 아버지가 정유 공장의 통근 버스를 타면, 그가 바닷가로 떠난다고 생각했다. 르아브르, 그곳은 늘, 일 년에 한 번 가 보는 바다, 양발 사이에 놔둔 비치백과 결부됐다. 공장 노동자들을 위해 마련된 나들이를 떠났던 어느 일요일, 정유 공장의 철책과 일정한 간격으로 검은색 고리를 두른 강철탑들과 그에 비해 너무 작아 보이는 사다리들을 보았더랬다. 철책은 교회 내진을 떠오르게 했다. 아버지가 저유조를 측정하려다가 그 석유의 바다로 떨어질까 봐 겁이 났다. 그곳에서는 그의 옷에서 풍기던 냄새가 났다. 어려서 난, 남자들은 전부 사고를 당하거나 술을 너무 마시다가 죽게끔 생겨 먹었다고 믿었다. 여자애인 게 다행이야. 어린아이다운 그런 바보 같은 생각은, 내가 지금보다 예전에 더 아버지에게 관심이 있었다는 느낌을 주었다. 할아버지 농장이 어땠는지 얘기해 줘. 저녁마다 그를 졸랐더랬다. 어느 날 아침, 아버지 모르게 잠에서 깨어나 그의 분홍빛 살을 들여다봤다. 그의 두 손은 벌겋게 부풀었는데 등허리 아랫부분은 새하얀 게 너무나도 이상했다. 그러고는 더 이상 호기심이 일지 않았다. 그 오래된 이야기들을 떠올리니 거북했다. 그에 대한 밋밋하고 무해한 이미지들, 그게 내게 필요한 전부다. 부모와 그들의 직업 등 그 모든 것을 더 파헤쳐야 하더라도 말이다. 그는 돈을 벌어 온다. 노동자, 그들은 늘 필요하니까. 우리는 중학교 2학년 때 노동자들이여 어쩌고저쩌고하는 에밀 베라렌의 시를 배웠다. 아버지는 우리 모두가 노동자라고 말한다. 난 그 문제에 대해 별 생각이 없었다. 또한 그가 다른 남자들, 사내애들, 낡은 철도 다리 아래에서 여자애들을 노리는 그 추잡한 명칭이들, 공중변소에 그려진 그 끔찍한 그림들과 똑같은 것을 달고 있다는 사실을 곰곰이 생각해 본 적이 없었다. 금지. 귀를 막은 채로, 그가 이제 나를 그 애라고 부르지 "안"이라고 부르는 일은 거의 없으며 서로 주고받는 말도 별달리 없다는 생각을 했다. 예외라면, 저녁마다 내가 고양이를 데리고 자려고 들면 그가 화를 냈다는 것. 침대로 고양이 데리고 가는 거 아니다, 그건 정상이 아니야. 저녁마다 그랬다. 그의 말을 따라야 했다. 드디어 그가 떠났다. 9시쯤에 잠이 깼다. 여전히 아침나절이었다. 머리 빗는데 십오 분, 옷 입는 데 삼십 분, 먹기, 트랜지스터라디오 듣기, 이 모든 게 처음에는 신선해 보인다. 라디오에서 어떤 가수의 노래가 흘러나오면 뭔가 일이 일어날 거야. 혹은 내 미래가 다음번 노래 가사대로 될 거야. 그러다 보면 진저리가 나기 마련. 이런저런 예언들 속에서 길을 잃고 결국엔 부엌에 있는 어머니에게 갔다. 잘 잤니, 오늘도 비는 안 오려나 보다. 그녀가 뭔가 흥미로운 말을 입에 올렸던 게 대체 얼마나 오래전이었던가. 7월 초에, 먹고 자고 내게 필요한 것들을 얻어 낼 때를 제외하면, 사실상 어머니가 필요하지 않음을 깨달았다. 그녀는 가르쳐 주는 게 아무것도 없었다. 바로 그거다. 어머니가 이야기를, 나도 뭔지는 모르지만 이런저런 이야기를 해 주고, 화내지 않고 허물없이 나와 함께 웃기를 바랐는데. 괜찮은 교사들을 만나면 가끔 시사 문제를 언급하고, 뒤이어 우리끼리 토론하다 보면 수업 종료 종소리를 듣지 못하기도 한다. 티브이를 켜 봐도 사람들은 의견을 나눈다. 여자 친구들로 말하자면 몇 시간씩이라도 이야기를 나눌 텐데. 집에선 늘 같은 질문만 해 댔다. 오늘 아침엔 뭐 할 거니, 아! 그래, 브래지어 빨래통에 넣어 뒀지, 오늘 빨아서 말려야겠구나. 어렸을 때도 마찬가지였다. 북 치는 아저씨들은 왜 흰 장갑을 끼는 거야. 그냥 그런 거야, 늘 그랬어. 눈곱만큼도 설명을 해 주는 적이 없었다. 처음 생리가 터졌을 때도 아무런 말을 해 주지 않았다. 이제 여자가 됐네. 그게 전부다. 그러면서도 약국에서 필요한 물품 일습이 든 작은 꾸러미를 사서 준비해 두고 있었다. 슈퍼마켓에서 사면 별로라고 생각했으니까. 그렇지만 이웃 여자들, 지인들과 함께 있을 때면 혓바닥이 잠시도 쉬질 않는다. 아무 재미도 없는 대화지만 그런 대화조차 나와는 나누려고 들지 않는다. 어쩌면 그녀는 늘 말해 버릇하듯 내게 말재주가 생길 순간을 기다리는 걸까. 어느 날 내게 그런 재주가 불쑥 생길 것 같진 않다. 그러니까, 그녀처럼 말하는 재주 말이다. 카페오레 잔에 든 설탕을 휘저었다. 그녀는 부엌 구석구석을 분주히 돌아다니면서, 하찮은 물건들을 반들반들 닦아 대고 있었다. 아무리 해도 충분히 깨끗한 법이 없지. 설탕을 잔 가장자리에 대고 으깼다. 그러면 그녀가 신경질을 내리라는 사실을 알아서였다. 아직도 그러고 있니. 그녀가 몸에 꼭 끼는 바둑판무늬 작업복 차림으로, 아침 식탁 한 귀퉁이에서 다리미질을 하려고, 주먹을 물그릇에 푹 담갔다가 내 원피스 위로 손가락을 쫙 펴서 천에 물을 축이는 모습을 보았다. 어머니는 다리미 플러그를 뽑고서 잔열로 연신 다리미질을 하는데, 전기세를 아끼려고 그러는 거다. 너무 금방 원피스를 더럽히지 마라, 얘야, 넌 어째 그리 조심성이 없니. 이번 여름 들어서 그녀는 입에 정리 정돈을 달고 살았다. 어쩌면 그 전부터 그랬는지 모르겠지만, 난 전혀 알아차리지 못했더랬다. 교사 같다. 한꺼번에 뒤섞지 마세요, 여러분이 사용할 논거들을 분류하세요. 세자린 거리의 집, 지금과 같은 식탁, 그 시절 그녀의 모습이 떠올랐다. 초등학생인 난 학교에서 돌아온 참인데, 그날 그녀는 할아버지가 주신 버터에 소금을 섞고 있어서 책가방을 어디에 놓아야 할지 알 수 없었다. 두 손으로 누런 덩어리를 치대면 광택을 띤 반죽이 손가락 사이로 길게 솟아올랐다. 그녀는 덩어리를 자꾸 치대며 표면에 물방울이 맺힐 때까지 소금을 더해 나갔다. 그 일은 어머니가 손바닥으로 버터를 두세 번 탁탁 때리면서 말끔하게 끝났다. 그 덕분에 공책에는 얼룩이 생겼더랬지. 그리고 월요일 아침에 사방팔방 찾아 댔던 팬티. 그 때문에 장롱 안을 뒤집어엎었다. 그만 칭얼거리고 입던 것 다시 입으렴, 누가 알 거라고. 잃어버렸다가 한 달 뒤 레인지 뒤편에서 온통 더러워진 채로 다시 나타난 그 모든 물건들. 그리고 그때는 부엌 벽에 대고 공놀이도 했다. 그런데 새집에서는 그녀가 고함을 질러 댔다. 아니, 저런, 뭐 하는 짓이니, 페인트 새로 칠했는데. 방직 공장 일을 그만둔 뒤로 어머니가 변했다는 생각이 들었다. 그게 그거로구나, 사회적 발전이니 질서니 하는 게. 그녀가 대화에 있어서는 발전하지 못했음이 유감이다. 그녀의 지적들에 진력이 났지만, 이젠 그걸 피해서 하루 종일 학교에 가 있을 수도 없는데. 오로지 독서뿐. 어머니가 읽는 《팜 도주르디》를 몽땅, 특히 소설을 읽어 치웠다. '산드라는 누구도 사랑하지 않았다.' 그런 식의 제목들을 보면, 우스꽝스러운 연애 소설일지라도 읽고 싶어졌다. 어차피 할 일이 아무것도 없어서 연애 소설들을 읽기 시작했고, 두 사람이 서로 사랑을 나누게 될지 않을지 알 수 없으니, 중간에 멈출 수가 없었다. 이제 그만 서로의 품에 몸을 던지라고, 그게 아니면 죽든가, 그만 질질 끌라고. 다 읽고 나면 끔찍하게 우울했다. 탁, 끝. 더 이상의 이야기는 없다. 난 또 한 번 비껴갔고, 거듭 당했다. 이제는 아무것도 읽지 않는다. 기대하는 게 아무것도 없으니까. 교사가 권장 도서 목록을, 흥-미-로-운 책들을 진작에 제시했지만, 당한 게 어디 한두 번이어야지, 끝장나게 지겨운 것들이겠지, 엄청나게 미심쩍었다. 게다가 도서관에 가서 등록이니 뭐니 해야 했다. 그게 아니면 서점에 가서 찾아봐야 했다. 그런데 거기서는 뒤적거릴 수가 없고, 그곳 사람들까지 거들먹거린다. 그리고 슈퍼마켓에는 탐정물과 기 데 카르[2]의 소설들, 교사가 권하지 않는 그런 것들만 있다. 그러다가 지겨운 나머지 뛰쳐나가, 도서관에서 『이방인』을 빌렸다. 그날 하루 종일 책에서 빠져나오지 못했다. 중간에 한 번 멈추고 주위를 둘러보았는데, 방이 낯설게 보였다. 글이 어떻게 내게 이런 영향을 줄 수 있는지 이해가 되지 않았다. 저녁에 아버지가 화를 냈다. 그날은 7월 8일 혹은 9일, 성 티보의 날이었다. 나야 늘 달력을 들여다보곤 했으니까. 방 덧창을 닫아 두었기에, 환한 거실로 들어서자 눈앞에 녹색 줄과 적색 줄이 어른거렸고, 그가 아랍인을 죽였던 그 해변이 생각났다. 그런 이야기를 내가 쓸 수 있다면, 아니 그런 식으로 살아 보고 그걸 글로 옮길 수 있다면, 그

2　기 데 카르(Guy des Cars, 1911~1993), 프랑스의 베스트셀러 작가.

렇다면 이미 일어난 일이니 이야기하기도 쉽고, 모두가 이
해할 수 있어서 좋았으련만. 아버지는 화가 나 있었다. 보
나 마나 하루 종일 티브이 앞에서 뒹굴었겠지, 그 거지 같
은 가수들 노래나 듣고. 아버진 흥분한 상태였고, 좀 더 나
아갔더라면, 내가 생각했을 법한 일은, 아니, 그럴 리가, 절
대로 한두 잔 이상 마시는 법은 없으니까. 다시 잔소리가
시작됐다. 굳이 말하자면, 넌 네 몸을 주체를 못 해, 시간을
어찌 보내야 할지를 몰라. 어머니가, 집에서 애가 뭘 하는
지 보지도 않고서 그런다고, 얘는 책을 엄청 읽었다고 대
꾸했다. 평소 같으면 그는 이 정도에서 입을 다물기 마련,
내가 하는 일에 그다지 관심이 없다. 장담하건대, 그날 아
버지는 살짝 술기운이 올랐다. 소리를 질렀으니까. 책, 그
놈의 책, 그렇게 늘 책에 파묻혀 있는 건 정말 아니지, 내
생각에 그건 정상이 아냐, 그러다가 애가 말라비틀어질걸,
산책을 하든 자전거를 타든, 뭐 그럴 순 없니. 갑자기 그녀
가 내 편을 들었다. 산책을 하라니, 목적 없이 밖을 싸돌아
다니라니, 그녀가 인상을 쓰는 것 같았다. 그렇다고 책 읽
기가 재의 장점인 것도 아니지만. 둘 다 웃겨, 학업 성적은
좋기를 바라면서, 교사들이 늘 독서가 도움이 된다고 말하

는데도 부모는 그런 말을 믿지 않는 것 같다. 문제 풀기나 복습은 유익하다고 생각하지만. 그가 계속해서 더욱 열을 냈다. 난 네 나이에 벌써 돈벌이를 했다, 책을 들여다보고 싶어도 몇 시간이고 그럴 수 없었지. 별 머저리 같은 소리를 다 한다는 듯, 그녀가 화를 냈다. 그래서 열네 살에 일하는 게 좋다는 거야, 설마, 당신 딸이 공장에서 일하는 꼴을 보고 싶다는 거야? 쉬면서 책이나 읽게 둬, 아무에게도 해를 끼치지 않잖아. 두 사람이 날 놓고 다투고 있으면, 언제나 거북했다. 마치 내가 아닌 또 다른 안, 부모에게 착하게 구는 딸에 대해서 말하는 것 같았다. 결국 두 사람은 말다툼을 하며 헛심을 쓰는 셈이다. 게다가 그날 저녁은 스스로를 위선자라고 생각했기에, 순진한 척을 해 봤자였다. 하루 종일 독서를 하면 무기력해지고, 심지어 살짝 기분이 더러워진다는 걸 잘 알고 있었다. 특히 연재소설과 달리, 읽고 나서도 머릿속을 떠나지 않는 그런 종류의 책이라면. 그러니 독서란 위험하다. 어쩌면 두 사람이 옳았는지도 몰라. 위험하기가 티브이 이상이었다. 증거. 그날 그 책을 읽고 난 뒤 두 사람이, 부모가 우스꽝스러워 보였고, 참지 못했더라면 아주 자연스럽게 대놓고 그런 말을 입에 올렸으리라. 하지만 부모에게 그렇게 말해서는 안 되는 법이니까. 그건 너무 끔찍하잖아. 두 사람은 내게 잘해 주고 그저 돈이 넉넉하지 않을 뿐이니, 이해해 줘야지, 이런 말을 어디에서 주워들었는지 모르겠지만, 잘 생각해 보면, 그 경우 이중으로 옴짝달싹 못 하는 꼴이다. 그들의 마음을 아프게 해서는 안 되고, 그러자면 영원히 닥치고 있어야 하니. 어깨끈 원피스 사건만 해도, 그건 처음부터 내가 원했던 게 아니었지만, 군소리 없이 여러 벌 사 줬을 부모에게보다도 세 배는 더 어머니에게 감사를 표해야 했다. 정말이지 부당했다. 어쨌든 내 의견을 내놓기는 했다. 책이나 티브이 말고, 내가 다른 뭘 하면 좋겠는데? 친구라도 하나 찾아내서, 둘이 수영장이라도 가든가. 여자애들 다 휴가 떠났어. 그건 거짓말이었다. 가브리엘 부베는 떠나지 않았지만, 시시콜콜 이야기하고 싶지 않았고, 전체적으로 어떤지가 중요하니까. 게다가 그녀는 출세하고 싶으면 자신보다 위를 봐야지 밑을 보면 안 된다고 늘 말한다. 가브리엘은 밑이고, 어머니는 그 아이를 그다지 좋게 보지 않는데, 그 애가 별나다고 생각해서다. 우정, 물론 좋지, 하지만 사람을 잘못 사귀어서 개고생이라도 하면, 우정, 그건 정말이지, 애개개, 별거 아니다. 두 사람은 늘 그렇게 주장하지 않는가. 어쨌든 둘은 내 질문에 답하지 않았다. 아버지는 물을 많이 타지 않은 리카르 잔을 들고 다시 의자에 파묻혔고, 어머니는 입을 삐죽거리며 레인지 상판을 재빠른 손놀림으로 닦아 냈다. 잠시 뒤, 어머니가 마무리를 지었다. 넌 원하는 게 참 많기도 하다, 대가리에 피도 안 마른 게. 날, 가장 짜증 나게 하는 말. 나는 곧 열여섯이 되는데, 두 사람 머릿속엔 아예 그런 생각조차 없었다. 저녁 먹을 때 난 입도 뻥긋 안 했다. 다시 내 방으로 돌아왔지만 『이방인』은 이미 읽어 버렸으니 뭘 해야 할지 알 수 없었다. 덧창에 두 눈을 갖다 댔더니, 보이는 건 샛길에 깔린 자갈들과 쥐똥나무 조금. 내 자신이 별난 것 같았고 울적한 기분이 들었다. 부모와의 다툼은 중요해 보이지 않았다. 마치 그 책 때문에 세상 모든 것과 단절되어 버린 것 같았다. 침대에 책상다리를 하고 앉아서 화장대 거울에 비친 내 모습을 보다가, 급기야 얼굴을 찡그려 봤고 사팔눈도 해 봤다. 진짜 또라이네. 조심해, 너 그러다가 정말 그 꼴 난다, 뭔 그런 말도 안 되는 소리를. 어쨌든, 어쩌면 내가 살짝 맛이 갔을 수도 있었다. 누가 알겠어. 이 집에는 나만 있는 셈이었다. 중학교라고 해서 서로 늘 좋지만은 않지만 적어도 함께이고, 그걸로 마음이 놓이고, 일종의 지표 노릇을 한다. 그런데 부모와 함께 있으면 지표를 가질 수 없다. 한방에 정신이 이상해질까 봐 겁이 났다. 영화에서처럼 차근차근, 느긋하게 옷을 벗었지만, 그 일에 집중하면 할수록 내가 허세를 부린다는 생각이 자꾸 들었다. 두 사람이 안다면. 내가 늘 말했지, 학업이니 책이니 하다가 애 이상해진다고, 건강을 잃고서 대학 가면 꼴좋겠다. 닥쳐, 당신은 걔가 우리처럼 되면 좋겠어, 열네 살에 일이나 하고, 우리 애만 계속 저러는 것도 아닌데. 난 울었고, 울음을 그치고 싶지 않았는데, 우니까 조금은 덜 미칠 것 같아서였다. 방금 읽은 책에 대해서 두 사람에게 이야기할 수만 있었더라면. 아니지, 두 사람은 그마저도 정상이 아니라고 생각했을 거야. 셋이 함께 티브이를 보고 나면 두 사람이 나누는 얘기라곤 이게 전부다. 좋네, 바보 같아, 혹은, 그저 그런데, 가서 자자, 내일 학교도 가야 하니. 그러고는 그가 티브이를 끈다. 그다음 날들은 영락없이 그런 식으로 흘러갔고, 난 다시 모두와 같아졌다. 『이방인』, 그건 문학일 뿐이었다. 그들이 옳았어. 하지만 내가 가졌던 이상한 생각들이 달아나 버리고 있음을 느끼고서 울적해졌고, 다시 정상이 되었음을 곧 후회할 판이었다. 그러니까 사흘을 연달아, 오후와 밤에 너무나 무료해서 티브이를, 심지어 광고까지 봤다는 말이다. 어렸을 적 일이 생각났다. 그때는 집에 티브이가 없었다. 방학이 되면 《팜 도주르디》를 뒤적였고, 광고 전단지를 보면서 온갖 이야기를 지어냈다. 날 위해 집을 짓고, 그 안을 광고에 나온 온갖 물건들로 꽉 채웠다. 그 덕분에 라 르두트 원피스와 앙드레 구두도 가져 봤다. 신문이 올 때마다 그 놀이는 새로 시작됐다. 변비약마저 삼켜 봤지만, 의치 관련 용품들만은 한옆으로 밀쳐 뒀다. 하지만 그 놀이로 즐겁게 웃지는 못했다. 광고 들여다보길 좋아한다는 사실이 창피했다. 다행스럽게도 어머니가 일주일에 세 번, 오전에 카페 드 라 프티트 비테스에서 서빙을 시작했다. 그녀가 자전거 핸들에 가방을 걸고 몸을 숙여 페달을 밟기만 하면, 그냥 창문으로 전부 지켜보는데, 가끔 출발하기까지 한참을 꾸물댈 때마다 애가 닳아서, 개짜증, 개짜증. 후, 드디어, 난 엄청난 해방감에 사로잡혔다. 마침내 집은 내 차지가 됐고 어머니, 아버지는 아웃. 꿈만 같아. 난 고작 세 칸짜리 집을 서성이다가 정원으

로 나갔다. 유감스럽게도 최초의 흥분은 금방 가시고 말았
다. 결국 벽장과 냉장고를 열고, 비스킷과 티 안 나게 비스
듬히 저며 낸 햄 조각으로 배를 잔뜩 채웠다. 너 그러다가
배불뚝이가 되겠어. 시간을 보낼 수만 있다면 바닷물과 그
안의 물고기들까지 가리지 않고 몽땅 먹어 치울 판인데,
뭐. 두 사람이 아예 없었다면 별의별 짓을 다 할 수 있었을
텐데. 가장 나쁜 짓을 상상해 봤지만, 고작 반나절만 비울
뿐이니 야단법석을 피울 여유가 없었다. 내 방을 빼면 가
구 하나도 위치를 옮길 수가 없으니, 늘 부모 집에 세 든
셈이다. 사방 뒤지고 다녔지만, 비밀이나 편지나 숨겨 둔
물건 하나 없었고, 오로지 월급 명세서와 통장, 그게 내가
찾아낸 전부였다. 비록 두 사람이 내 앞에서 언급하는 법
이 없는 것들이었지만, 전혀 흥미 없었다. 어느 날, 우리 집
이 멋있는지 아닌지 궁금해졌는데, 그만하면 나쁘지 않았
고, 어쨌든 나로서는 내 집이 아닌 다른 집을 상상해 볼 수
없었다. 그러자면 다른 부모 밑에서 태어났어야겠지. 서너
번 연거푸 같은 음반을 들었는데, 지금이야말로 지적질을
당하지 않고 그럴 수 있는 유일한 순간이어서였다. 넌 대
체 그 노래에서 뭘 찾는 거냐, 그러다 멍청이 된다, 얘야,

똑같은 걸 열 번씩 듣는 게 왜 좋은지 정말 이해가 안 가네. 다시 듣고, 또다시 들으면서 뭔가를 점점 좁혀 나가다가 나도 모르는 뭔가를 포착하기에 이르기. 완전함, 거기엔 처음부터 다다를 수 없고, 두 번째야 가끔 그럴 뿐이다. 그 뒤로는 흥미가 확 가라앉아서, 하루 종일 그 노래를 다시 듣고 싶지 않았다. 그리고 오후가 되면 국도를 달리는 온갖 자동차들, 보나 마나 뷜레로즈, 해변을 향해 줄줄이 달려가는 것일 텐데, 그 생각을 하면 그것들을 몽땅 때려 부수고 싶었다. 가브리엘 부베를 우연히 마주치기 훨씬 전에 그 애 생각을 했다. 걔는 뭘 하고 있을까. 걔는 서민용 임대 아파트 단지에 사니까 친구들이 많으리라고 짐작했다. 난 혼잔데. 시내에서 만나게 되면 멈춰 서서 말을 걸어야지, 혼자 있을 때보다 둘이 있을 때 이런저런 일들이 더 많이 생기는 법이고, 별을 헤아리는 둥 베개 밑에 얼음을 놓아두는 둥 하면서 늘 빗나가기만 하는 나의 운세보다야 그게 더 확실할 거야. 어깨끈 원피스를 입어 보고, 화장도 해 보고, 가슴을 모아 봤다. 이런 모습을 볼 사람이 나밖에 없음에 맥이 빠져서 다시 앉았다. 온갖 일이 벌어지는 곳은 바깥이지 집 안이 아니라고. 그런데 그녀는 눈이 벌게서 날 가둬 두려고 하잖아. 혼자서라도 수영장에 갈래. 거기 가면 여자애들이 있을걸. 저번에 다들 휴가 떠났다고 그러지 않았니. 수영복을 입고 정원에 나가서 일광욕이라도 하면 좀 좋아, 누가 널 볼 거라고. 그녀는 이웃 남자를 완전히 잊고 있었다. 아이들은 아무것도 기억하지 못한다고 생각해서 그런다. 그 남자가 날 엿보러 왔는데, 그 늙은 변태가, 아니 그렇게 늙지는 않았지, 양파밭을 훌쩍 건너뛴 걸로 봐서는. 그러고는 살그머니 멈춰 서더니 늘 같은 장소만 김을 매는 사람처럼 줄줄이 심어 놓은 강낭콩 뒤에 쭈그리고 앉아서 꼼짝도 안 했다. 난 안경을 쓰지 않은 상태였다. 그 남잔 아버지의 말마따나 충분히 눈 호강을 한 셈인데, 끔찍해라, 하필 내 눈에 아무것도 보이지 않을 때라니! 수영장에서 흘깃대는 남자들은 어쨌든 덜 위협적으로 보이는데, 그러니까 그런 행위가 더 허용된 것처럼 말이다. 여기에서는 철책 너머에서 조용한 삽질 소리, 서성이는 발소리가 들려오니 역겨웠고, 아무런 상상도 하지 않기란, 마치 그런 일이 전혀 없었던 듯 행동하기란 너무 어려웠다. 어떤 남자가 자기 물건을 꺼냈다면 그 인간은 매번 그 짓을 되풀이하리라고 생각하기 마련. 버릇일 테니.

세상 속에 얼마나 많은 변태들이 있는지 부모는 모른다는
데 생각이 미치자 웃지 않을 수 없었다. 심지어 그중엔 부
모인 경우도 있어서, 그런 변태들의 자식들을 볼 때마다
항상 궁금한 것이, 저 인간들은 제 자식에게도⋯⋯. 알베
르트와 함께 주택 단지에서 그런 인간들을 너무나 많이 만
났다. 그들, 야릇한 눈빛으로 어슬렁거리는 그 인간들은
앵초처럼 3월부터 나오기 시작했는데, 뚫어져라 바라보는
눈길의 희미한 번뜩임, 그것만 빼면 아주 평범했고, 다른
사람들보다 조금 더 조심성이 많은 편이었다. 그들의 문제
점, 그건 그들이 걸친 옷이었는데, 너무 티가 났다. 알베르
트가 말했다. 쟤, 저거, 변⋯⋯. 이파리가 다 떨어진 산울타
리 뒤에서 잡목을 다듬는다는 구실로, 비탈의 풀을 벤다거
나 사나운 개를 산책시킨다는 핑계로 꾸물대며, 단추를 채
우고 다시 채우고 주머니를 뒤져 대니. 그들은 모든 것을,
걸음걸이도 동작도 천천히 했다. 저 인간 뭘 하려고 저러
지? 흙과 나무 탄 내가 나는데. 난 신발 소리에 골이 울릴
정도로 냅다 달린다. 그 작자가 허수아비처럼 멀거니 저
멀리에 있다. 이번에도 피해서 빠져나왔다. 하마터면 전부
다 볼 뻔했지만 거의 아무것도 보지 못해서 너무나 다행이

다. 다시 알베르트에게로 생각이 향했고, 걔는 겁이 없었거나, 아니면 둘이라서 우리가 더 세게 느껴졌을 테고, 그들도 더 조심했던 거겠지. 그래, 우리 어린 아가씨들, 안녕? 우린 개에게 인사했다. 참 잘생긴 개로구나, 정말 잘생겼네, 발 줘 봐. 목줄을 쥐고서 그 인간이 웃었다. 조심, 그렇게 쓰다듬으면 너네 다리에 오줌을 갈길 수도 있어. 그 끔찍한 눈빛. 수영장 시멘트 바닥에 발이 닿고, 진짜 햇빛을 받으면서 수영을 한다면 좋았을 텐데. 그러니까 어머니는 그 남자가, 그 포주 같은 인간이 정원에 나와 있다는 사실을 몰랐다. 햇볕에 온통 구릿빛으로 태웠는데 그걸 볼 사람이 우리 부모뿐이라면, 그건 더 슬펐다.

7월 14일이 되기 얼마 전, 욕실에서 요란하게 꾸르륵대는 소리가 들려와서 잠이 깼다. 격렬하게 침을 뱉는 품새로 아버지임을 알 수 있었다. 즉각 머리 위로 이불을 끌어올렸지만 마음이 불안해졌다. 두 사람이 아프면 겁이 난다. 두 사람의 표정이 싹 바뀌는데, 마치 제정신이 아닌 것 같다. 오 하느님, 결혼해서 아이 둘을 낳을 때까지는 우리 부모가 살아 있도록 해 주세요. 그렇다면 덜 슬플 테니. 답답해도 이불을 둘러쓰고 가만히 있었다. 중학교 3학년 역사 교과서에서 봤던 그림 하나가 떠올랐는데, 침대 발치에 두 다리를 벌린 상태로 쓰러져 있던 남자. 그를 보러 갈 엄두가 나지 않았다. 누군가 병이 나면 해결하는 사람은 늘 그녀이므로 내게는 무척 잘된 일이었다. 그런 일은 너무 역겹다. 시작부터 이러니 오늘 하루가 영 좋을 것 같지 않았다. 나 하나 감당하는 일도 너무 버거웠고, 이런 상황이라면 습관처럼 하던 일광욕도 무리겠지. 어머니는 소화 계통의 문제라고 말했다. 돼지고기를 먹고서 병이 난 거였다. 병가를 내려면 배불뚝 영감을 불러야 했는데, 내 부모는 우리 주치의를 그렇게 부르면서 즐거워한다. 그는 속이 불편해서 별로 먹지 못하는데도 점심을 들겠다며 자리에서 일어났고, 식탁에서 입맛이 없다는 소리만 해 대는 통에 짜증이 났다. 끔찍한 후유증을 떠올리게 하는, 그런 진짜 병도 아니면서. 방귀 한 번 뀌면 나을 걸로 저럴 필요지는 없었다. 저녁에 달구지를 탄 늙은 원숭이, 의사 루벨이 왔다. 이제는 그를 보면 겁이 난다. 예전에는 짜증만 났었는데. 그는 장난감 같은 2마력 차를 몰고 다니고, 거만한 구석이라고는 전혀 없어 보인다. 벌써부터 혐오감을 일으키는 것, 그건 그와 엄마와 나 사이에서 일어나는 일이었다. 그가 눈 바로 위에 손을 갖다 대고 차양을 만들면서, 부쩍 큰 나를 보고 놀랐다는 시늉을 했다. 그는 내 부모에게 말할 때 아랫사람을 대하듯 놀리는 태도를 보여 주는데, 두 사람은 단 한 번도 그런 낌새를 눈치챈 적이 없는 듯했다. 그런가 하면 난, 그에게 뭐라고 대답해야 할지 모르니, 나라고 다를 바 없기는 매한가지다. 어머니가 의사에게 말했다. 쟤가 막 중학교 졸업 시험을 통과했답니다, 고등학교에 가게 됐어요. 저런, 잘됐군요, 아주 잘됐네요, 따님을 대단한 인물로 만드시려나 봅니다, 그러다가 못 알아보실라. 어머니는 연신 소곤댔는데, 어떤 사람들, 중요하다 싶은 사람들을 상대할 때면 늘 그랬다. 하지만 우리를 상대할 때는 그 반대이므로 오히려 소리를 지르는 편이다. 지금 시대에는 교육이 중요하다고 생각하지 않으세요. 정말로 옳으신 말씀이군요. 그 배불뚝 영감이 우리를 시골뜨기 취급하고 있음은 확실했다. 게다가 나도 검진을 받아야 했다. 시험 준비에 피곤했을 테니, 영양제라도 좀. 그가 내 등을 톡톡 치고, 들춰 올린 블라우스 아래로 머리를 갖다 대고, 배 양옆을 꾹꾹 누르는 모습을 어머니가 지켜봤고, 난 더위에도 불구하고 닭살이 돋았다. 의사가 제법 아래쪽에 손가락을 가져다 댈 때 그녀는 무슨 생각을 했으려나. 의사의 머리통, 꽉 다문 입술만 보인다. 표정이 진지하다. 안 그러면 당연히 음탕한 놈 취급을 당할 테니. 그가 소곤거렸다. 그건 잘 나오지? 다달이 괜찮지? 그 대답을 내가 해야 하는지, 그녀가 해야 하는지 알 수 없었다. 즉각 그녀가 나선다. 좋아요, 괜찮아요. 생리대는 얼마나 쓰죠? 아무리 그녀라도 이번에는 내가 말하게 내버려 둘 수밖에 없었다. 그게 있은 뒤로는 늘 규칙적이에요, 선생님, 완전 정상이에요. 설마 그럴라고. 난 의사들이 싫다. 안 그러려면 매번 의사를 바꿔야 할까. 그는 내게는 칼슘을, 아버지에게는 과립제를 줬다. 식사 자리에서 아버지는 내게 어디가 아픈지 물었다. 단순 피로야, 어머니가 대답했다. 그걸로 끝. 이제 나의 건강은 어머니와 나 사이의 일이다. 갑자기 그가 폭발했다. 공기 중에 리카르 술이 떠다녔나. 아무것도 모르잖아, 난. 내겐 아무 얘기도 안 해 주잖아, 애가 초경을 했는지 아닌지, 어떻게 그럴 수가 있어! 난 부끄러웠고, 그럴 수만 있다면 자리를 뜨고 싶었다. 이 년이 다 되어 가는데, 그 얘기를 한 적이 전혀 없었다니. 욕실 바구니에 넣어 둔 더럽혀진 속옷이 그의 눈에 띄지 않도록 그녀는 어떻게 했을까. 그녀는 삼 년 전부터 그친 상태인데, 난 그걸 알지, 사방을 뒤지고 다니니까. 그녀의 얼굴이 벌게졌다. 그는 거북해했다. 나 때문에 두 사람이 그렇게 야릇한 표정인 모습을 보는 게 어찌나 부끄럽던지. 그가 방금 그 사실을 알게 됐고, 그로서는 처음 듣는 이야기이니 어쩌면 계속 그 생각이 머릿속을 맴돌리라는 상상만으로도. 소화 불량 때문에 칙칙하고 보기 싫은 낯빛. 어머니에게도 똑같이 되갚아 주겠다고 결심했다. 색이 밴 그 작은 꾸러미를 감추겠어, 직접 바깥 쓰레기통에 갖다 버려야지. 몸이 불편하면 머리 감지 마라. 병이라도 난 것처럼 고통과 구역질을 연상시키는 '불편하다'는 말을 쓰는데, 난, 팔팔했다. 그녀에게 다시는 아무 얘기도 하지 않겠어. 내가 있는 곳이 방학 캠프라면, 혹은 그 어디라도 좋았을 텐데. 고양이를 침대로 데려왔지만 고양이는 밖이 더 좋은지 잠시 있다가 창문으로 빠져나갔고, 그 길로 달아나 버렸다. 고양이를 잡아 둘 방법 같은 건 절대 없다, 아버지도 이미 그런 말을 했더랬다.

시내에서 가브리엘 부베를 만난 뒤로 중학교 시절보

다 더 친해졌는데, 그건 우연인 것 같다. 안경을 벗은 상태였지만, 우리 둘 다 같은 쪽 보도에 있었으니까. 우연이라고 생각하고 싶은 까닭은, 만약 한 중학교를 함께 다닌 다른 여자애가 지금 동네에 없어서 마주친 거라면, 다른 아이들은 강제 탈락이므로 상황을 보는 각도 또한 완전히 달라질 테고, 그건 우정에는 슬픈 일. 그렇기는 한데, 걔의 다리는 사이클 선수의 다리 같고, 알베르트보다 더 거무튀튀하다. 난 어째 한 번도 내게서 찬탄을 자아내는 여자애들과 친구가 될 수 없었을까. 요컨대 난, 우리 두 사람을 이어 준 것이 진정 무엇이었는지 궁금하다. 학교를 벗어나면 대화를 이어 가기가 쉽지 않아서, 곧 개인적인 이야기로 빠지기 마련인데, 이상한 일이긴 하다. 우리 둘은 함께 상점들 앞을 어슬렁댔고, 내가 그 아이보다 낫다는 생각이 들었다. 기분 좋아라. 지능이라든가 학교 성적이 중요해 보이지 않는 그런 순간들이 있다. 아닌 게 아니라 소형 오토바이를 탄 남자애들이 우리에게 접근했는데, 가브리엘이 아는 남자애들이었고 걔랑 한동네 애들이었다. 걔들은 적어도 열여덟은 되어 보였지만, 그닥 마음에 들지는 않았다. 가브리엘은 소개해 주는 걸 잊었다. 남자애들 셋

중 하나가 내 어깨에 손을, 축축하기 짝이 없는 손을 올렸다. 또 다른 애는, 새꺄 바보짓 하지 마, 라는 말을 되풀이하며 오토바이에 앉아서 어릿광대짓을 해 댔다. 중학교 졸업장을 딴 보상으로 원하는 게 이런 건지 자신이 안 섰다. 남자애들이 7월 14일에 생피에르 축제에 가지 않겠느냐고 물어 왔다. 중학교 친구들 대부분은 그런 데에 절대 발을 들여놓지 않는데, 걔들에게 마을 축제는 너무 시시하니까. 하지만 지금은 눈앞의 것으로 만족해야 한다. 어찌 돌아갈지 뻔했다. 범퍼카, 사격을 핑계로 볼을 맞대기, 돌아가는 길. 어떤 길로, 담장이 가장 높게 둘러쳐 있고 가장 인적이 드문 어떤 길이든가, 혹은 오래된 철로 다리겠지. 그런데 저 셋 중 누굴까. 난 상상의 나래를 펼쳤다. 7월 14일에는 소가 오줌을 누듯 비가 콸콸 쏟아졌다. 방학이 시작된 뒤로 외출다운 외출을 처음 해 보려는 참인데. 가브리엘이 데리러 오기를 기다리며 창문을 통해 그 애가 오는지 지켜봤다. 조금 자존심이 상했다. 그래서 책을 읽기 시작했는데, 가브리엘이 자전거를 타고 나타나는 순간 내가 읽는 문장이 오늘 오후가 어떨지를 알려 주겠지. 늘, 운세 보기. 망할 년, 한 시간 넘게 기다렸잖아, 벌써. 어머니가 꺼내는 말, 친한 친구라더니 널 기다리게 하는구나. 멀리서 음악 소리가 들려왔고, 공기에서는 비 냄새가 났고, 이미 망삘이 든 일을 기다리느라 이 꼴로 앉아 있을 것만 같았다. 『이방인』이 다시 생각났지만, 난 아무도 죽이지 않았다. 걔가 도착했고, 늦었다고 대놓고 뭐라 하지 못했는데, 중요한 것은 걔가 아니라 축제에 가는 일이었으니, 그 무엇도 망치면 안 됐다. 처음에는 미친 듯이 돌아가는 분위기에 끼어들기가 겁이 났다. 가브리엘이 무슨 생각을 했는지는 모른다. 또 그런 얘기는 내놓고 하지 않는 법이니까. 하지만 남자애들이 화제에 오르긴 했다. 우리 사이에 신뢰가 생겼다는 신호. 다른 신호란 없다. 남자 그리고 성에 관해서 말하지 않는다면 진정한 친구가 아니다. 아 참, 알베르트가 있었지. 알베르트와는 오히려 그래서 사이가 멀어졌다. 어쩌면 알베르트가 나를 원망했던 이유는, 좀체 가리지 않고 내게 말해 준 온갖 것들 때문일 수도 있다. 그리고 보여 주기도 했지. 생피에르 축제 때, 난 가브리엘과 그 정도 사이는 아니었다. 남자애들은 우리를 버려 두고 춤을 추러 가는 쪽을 택했다. 실망스러웠다. 우린 야단법석 속으로 섞여 들었고, 난 마음먹길, 하는 수 없지 뭐 이렇게 된 이상 나막신 한 짝에 두 발 넣고 가만히 있지는 않겠어. 이건 어머니가 쓰는 표현이지만, 물론 어머니가 이런 경우에 쓰지는 않았다. 우리는 곧장 범퍼카를 타러 갔고, 가브리엘과 내가 서로 콕 집어서 그런 말을 하지는 않았지만, 남자애들은 보통 거기 다 있다. 얼마든지 기꺼이 거기 머물 수 있었을 텐데. 남자들은 우릴 쫓아다니다가 측면으로 부딪혀 왔는데, 차체에서 솟아오른 금속 봉들이 달그락거리는 가운데 무시무시한 미소를 띠고 다가오는 그들의 모습이 보였다. 그들이 냅다 우릴 들이받는 바람에 우리는 차에서 반쯤 튕겨 나갈 뻔했고 동시에 그들도 마찬가지였다. 특히 좋았던 것은, 그들이 돌진하며 다가오는 속도가 엄청나서 이제 피할 수 없으리라는 사실을 깨닫는 순간이었고, 그러면 난 지레 소리를 질러 댔다. 그러고 나서 그들은 우리에게 '음탕한' 시선을 던졌는데, 그게 그날 우리 마음에 쏙 들었던 단어, 소설에서나 보았던 단어다. 우린 남자들을 모두 음탕한 놈들이라고 불렀고, 그런 것이 가브리엘과 날 하나로 묶어 줬다. 가끔 그들의 차량과 얽혀서 빠져나올 수가 없었는데, 이용 시간을 날려 먹으니 짜증이 났다. 남자들은 우리가 일부러 꼼짝달싹할 수 없게 자신

들과 뒤엉킨다고, 자기네 꽁무니를 따라다닌다고, 이미 손
안에 들어왔다고 생각했다. 그래서 더는 그들을 쳐다보지
않았는데, 이렇든 저렇든 너무 못생겼다. 내가 좋아한 건
오로지 충돌이었고, 그리고 빈틈 사이사이로 빠져나가면
서 범퍼카에 탄 얼간이들, 그들 무릎에 스칠 정도로 아슬
아슬하게 지나가는 일이었다. 끼이익 멈춰 서는 소리가 고
막을 때리자마자 더는 나아가지 못하는 범퍼카들, 정말 황
홀해, 하지만 즐거움에도 제동이 걸렸고 그걸 되찾으려면
다시 두세 바퀴 돌아야 했다. 한 시간 타고 나니 돈이 얼마
남지 않았다. 그건 가브리엘도 마찬가지였고 어쩌면 나보
다 더했을지도 모른다. 그러나 돈 얘기를 하기는 쉽지 않
은데, 돈이란 부모에게서 오는 거고 부모와 관련이 있으
니, 서로 상대방 부모가 얼마를 버는지 아예 물어볼 생각
조차 안 한다. 우린 여전히 관심을 끄는 남자를 한 명도 발
견하지 못했다. 이 코너에서 저 코너로 옮겨 다니기. 장난
삼아 보는 운세, 2프랑, 손잡이를 돌렸더니 분홍색 종이
가 떨어졌고, 은색 동그라미를 침으로 적셔야만 미래 애인
의 모습이 나타났다. 가브리엘의 남자는 전과자 상(相)이
었고 내 남자는 최소 서른 살이었다. 우리는 실컷 웃었지

만 살짝 씁쓸했는데, 그 정도로 못생기면 운세를 믿지 않아도 기분이 더러워진다. 그다음은 초대박 로또 슈퍼스타 코너. 우린 굳이 표를 사지 않았지만, 검은색 옷을 차려입은 남자가 유명 가수들을 모창했다. 오 년 전부터 생피에르 축제에 나타나는 인물이다. 그 남자가 내 눈에 괜찮아 보였던 기억이 났다. 그때 내 부모는 발포성 포도주나 인형을 따려고 애를 썼었다. 그 남자는 이제 그때와 다른 가수들의 모창을 했고, 여전히 입가엔 붉은색 립스틱을 거의 코에 닿을 정도로 칠한 채, 살짝 구부정하게 걸어 다니면서 노래하는 사이사이 표를 팔았다. 2년 전 그때, 샤를 아즈나부르의 노래를 부르는 모습을 계속 쳐다봤던지라, 그가 내 얼굴을 알아본 것 같았다. 알베르트가 끔찍한 말을 해 줬더랬는데. 어떤 남자를 사랑하게 되면 그 남자의 똥도 먹을걸. 고작 두 해 만에 이렇게 생각이 달라지다니 스스로가 창피했다. 그 모양이니 지금 아무것도 할 수 없고 그 누구도 고를 수 없었다. 그 불쌍한 어릿광대와는 악수도 못 할 것 같았다. 오후가 지나가고 있었고, 축제에서 보이는 건 평범한 사람들뿐. 교사 한 명이 눈에 띄었는데, 다른 사람들이 노는 꼴을 보려고 방금 온 듯 굴었고, 그럴 거면 오지 않는 편이 더 나았으련만, 그와 우리 사이를 수많은 사람들로 벌려 두어야 했다. 우리는 트레일러들 사이를 가로질렀고, 물 양동이들과 맞닥뜨렸다. 희한했다. 그러고 나니 축제 기분을 더 잘 느끼게 되었는데, 잠깐 장터에서 빠져나왔기 때문이었다. 우리가 새알 도넛을 먹는데, 남자애들이 우릴 쫓아왔다. 맛있니, 도넛? 나도 그런 거 두 개 있는데. 남자애들이 배를 쥐고 웃어 댔다. 우리 서로 바꿀래? 가브리엘은 내가 저 소리를 알아들었는지 보려고 흘끔 바라봤다. 우리 둘 다 똑같이 이해했음을 알았으니, 그렇다면 이제 웃어도 되겠다는 생각이 들었다. 새알 도넛을 입에 가져갈 때마다 같은 일이 반복되었다. 그런 지저분한 말을 들으니, 저 남자애들이 우리에게 집적대다가 그게 뒷일로 이어지기를 바라는 마음은 전혀 들지 않았다. 우리 여자들이 남자들을 꼬시려고 은밀한 부분에 대해서 얘기를 하든가, 그런데 남자들은 늘 불알을 들먹일 준비가 되어 있다. 게다가 걔들은 우리를 결국 땅딸막한 못난이라고 불렀다. 우린 그들로부터 멀어졌고, 난 나의 얼굴, 나의 다리, 그 자체로 나인 이 몸짓에 대해서 생각해 봤다. 안, 걔들이 한 말은 터무니없어. 5시 무렵엔, 이미 최소 열 바퀴는 돌고 난 뒤였고, 아무런 미련이 남지 않도록 남은 돈을 범퍼카에 탈탈 털어 넣었다. 우리가 대체 어떤 착오를 저질렀는지 모르겠지만, 못생긴 남자들뿐이었다. 그러고 나니 사람들 전부가 추해 보였다. 입술을 벌겋게 칠한 그치가 슈퍼스타 복권 앞에서 소리를 질러 댔고, 부모 말대로라면, 흥청망청 즐길 게 틀림없는 여자들이 비키니 차림으로 춤을 춰 댔다. 언제나 축제가 벌어지는 장터에서는 지린내가 풍긴다. 그리고 들려오는 노래는 일 년 늦은 것들이라서 낯선 시간 속에 놓인 느낌이다. 점점 더 울적한 기분이 들었지만 좋았다. 사람들이 다닥다닥 붙어 있는데, 고개를 들어서 하늘을 쳐다볼 때의 야릇함이란. 신이 생각났는데, 미사에 등장하는 하느님이나 푸른빛 도는 세제 색깔의 의상을 걸친 성모 마리아 말고, 슬픔이 뚝뚝 떨어지는, 어쩌면 존재한 적 없었을 그런 신. 우리를 처절하게 홀로 버려둔 신. 마치 이젠 내게 부모가 없다는 듯이. 난 대번에 나이가 들었는데, 이제껏 겪어 본 적 없었으므로 그런 느낌들은 사람을 늙게 한다. 왜 사람들이 글을 쓰는지, 텍스트의 주해서를 들여다볼 때보다 더 잘 이해하게 된 듯했다. 축제 장마당은 소음으로 가득한데, 단번에 거기에서 떨어져 나오니까 글을 쓰는 거다. 돌아가야 할 때였다. 수 많은 사람들, 음악 소리를 떠나가기란 괴로웠는데, 특히나 카라반으로 복작거리는 골목길들을 되짚어 나가야 한다 면 더 그렇다. 그리고 노 보이프렌드 투데이, 마이 가브리 엘. 어쨌든 그랬다 한들 울 일은 아니었다. 가브리엘과 점 점 더 마음이 잘 맞았고, 바깥나들이, 특히 바깥나들이 자 체가 가장 중요했다. 고작 삼십 분 늦었다고, 어머니는 난 리를 떨어 댔다. 잘 자란 여자애라면 이 시각에 밖에 있지 않는단다. 어머니가 날 샅샅이 훑었고, 다행히도 난 안경 을 쓰고 왔다. 최소한 뭘 두려워하는지 대놓고 말이라도 해 준다면. 절대로 안 한다. 그 말이 하고 싶어서 목구멍이 간질거려도. 아버지가 집에 없었으므로 어머니는 금방 그 치지를 않았다. 놀러 나가도 된다고 허락을 해 줬더니, 그 래, 이렇게 보답하는 거니. 부모가 되어 보지 않고서야 부 모에게 보답하고자 제시간에 돌아와야 한다는 생각을 어 찌 떠올릴 수 있을까, 제시간에 돌아오는 까닭은 놀러 간 곳이 너무 지루하거나 혹은 혼이 날까 겁이 나서지. 그녀 는 일요일의 차림새였는데, 블라우스는 치마 속에 넣어서 입는 법이 없고, 지퍼는 늘 내려가 있다. 내겐 정말 고역인데, 등허리 한가운데에 길게 뻗은 분홍색, 누구라도 보면 알 수밖에 없는 속살. 그래도 그녀는 늘 주장했다, 어리석긴 그건 내 슬립이야, 그리고 엉덩이 사이에 낀 치마를 떼어 내는 그 상스러운 손놀림. 그날 오후, 어느 묘지였는지 기억나지 않지만, 그녀가 묘비 뒤에 쪼그리고 앉아 있다. 누가 오나 안 오나 잘 봐라, 세상에나, 홍수 났네, 홍수 났어! 내가 그녀의 생각을 받아들이려면 그녀, 어머니가 완벽한 인물이어야 했을 텐데, 불쾌한 추억들. 비위를 맞춰 주느라고, 가브리엘과 다시 놀아도 된다는 허락을 받으려고, 함께 감자 껍질을 벗겼다. 투르 드 프랑스의 우승자가 입는 노란색 선수복의 주인이 또 바뀌었네. 어머니는 그새 차분해졌다. 날 걱정하느라 바깥세상을 겁내는 건 그렇다 쳐도, 그토록 모호한 방식이라니. 그녀는 여자애가 축제에 간다면 그건 남자애들이 꼬셔 주기를 바라서 그런다는 생각을 아예 못 하는 모양이었다. 괜찮게 보낸 하루다. 저녁 식사 때 두 사람은 오후에 잠깐 들렀던 사촌네의 얘기를 했고, 저녁 내내 비교를 해 댔다. 집을 그렇게 잘 꾸며 놓으려면 그 집 수입으로는 식비를 줄여야 할 텐데, 난 어째 잘한 일 같지가 않아. 아버지가 동의했다. 아이 교육비도 만만찮을 텐데, 공부를 계속한다면 말이야, 자식들에게 지식 보따리를 주는 편이 더 낫지. 두 사람은 식사하는 동안 그 문제에 대해서 미주알고주알 떠들어 댔다. 그들에겐 휴가도 생피에르 축제도 없고, 마치 현재는 아무짝에도 쓸모없는 것 같다. 늘 직업, 교육, 장래만을 향해 돌아가는 고개. 그런 생각이라면, 두 발을 모아서 곧장 미래로 도움닫기를 하거나 아니면 말짱한 상태로 미래에 도달했음이 확실해질 때까지 날 가둬 두는 게 더 낫지 않았을까. 조금 늦었다고 그런 야단법석을 떠는 모습을 보면, 혹시 날 가둬 두는 게 그들의 꿈일지도 모른다는 생각이 들었다. 중학교. 개학. 고등학교. 개학. 그러고 나면? 평생 그렇게 지속될 수는 없을 텐데. 그날 저녁 그 둘과 함께 있는 내 모습을 보니 기분이 묘했는데, 어머니는 연신 사촌들에 대해서 이러쿵저러쿵했다. 두 사람은 그 누구의 집에도 가서는 안 된다. 그 집이 자신들의 집보다 더 좋아 보이면 기분이 나빠져서 돌아온다. 달력을 확인해 보니 고작 방학의 오분의 일이 흘러갔을 뿐이었다. 저녁에, 울었다.

열차에서는 커피와 인조 가죽의 좌석 냄새가 났다.

여름 기차의 냄새가 좋긴 하지만, 안과 의사를 만나려고 어머니와 함께 가는 반 시간짜리 여행일 뿐인데, 뭐. 어머니와 마주 보고 앉아 있자니 오늘 하루가 잔소리 없이 지나갈지 궁금해졌는데, 별것 아닌 일에도 그녀는 즉각 표정이 굳고, 그럼 저녁이 될 때까지 볼 장 다 봤다. 쇼핑과, 나더러 해찰해 댄다고 늘 불평을 늘어놓는 그녀 옆에서 걷기 따위로 꽉 찬 눈앞의 하루를 떠올려 보면, 내가 이 외출에 만족하는지 확신할 수 없었다. 게다가 가슴도 파이지 않았고 살짝 어린애 옷 같은, 작년에 산 원피스를 어머니의 의심을 사지 않으려고 억지로 꺼내 입기까지 했다. 이런 형편이니 어째 다 망할 것 같다. 우리는 반들거리는 포석이 깔린 조용한 작은 길로 들어섰다. 문패에 쓰여 있길, 안질환, 코셰 박사. 초인종을 울렸다. 기다리는 게 싫은데, 일부러 기다리게 하는 것 같다. 흑백의 옷을 입은 가정부가 나왔다. 진료 예약하셨나요? 미심쩍어하는, 거의 잘난 척하는 표정이라, 무엇에 대한 우월감일지 궁금해졌다. 가정부가 앞장서서 계단을 올라갔는데, 가장자리에 어찌나 왁스 칠을 해 놨는지 자칫 계단에 깔린 카펫 바깥을 디딜까 봐 겁이 났다. 어머니는 침착하게 걸으면서 미끄러지지 않으려고 애썼는데, 넘어지면 쪽팔릴 테니까. 이건 사람들이 자빠지지 않고 끝까지 가는지 보려고 일부러 그래 놓은 것이고, 수녀가 주사를 놓으면서 보일 법한 미소를 띤 그 가정부가 꾸민 일이었다. 카펫은 대기실에서 끝났고, 삐걱거리는 마루를 디뎌야 해서 거북했다. 많은 사람들이 의자에 앉아서 기다리고 있었으니까, 우리도 불평 없이 한 시간 반을 기다리며 그저, 아휴, 참, 한숨을 쉬었을 뿐. 난 구부러진 다리의 금색 테이블 위에 놓인 잡지들을 몽땅 뒤적거렸다. 조각으로 장식된 수납장, 일본 조각상으로 채운 진열장, 최소 3미터는 되어 보이는 레이스 커튼 등, 이 대기실에 있는 온갖 잡동사니만으로 세 칸짜리 집 안을 너끈히 채우고도 남으리라. 모두 입을 다물고 있어서 편하지 않았고, 사람들은 서로를 관찰했다. 모든 것이 다른 세상 같았고, 우리는 조화로운 세계를 바라보는 숨죽인 구경꾼들, 그저 구경꾼들이었다. 난 거들먹대려고, 사촌네도 이렇게 좋아? 어머니에게 소곤댔다. 얘가, 제정신이야, 비교할 걸 해야지, 이런 전문의랑, 전문의야 비싸고 좋은 것들을 가질 수 있지, 이게 다 얼마야. 그녀가, 어머니가 당황했다. 수백만일걸. 그러더니, 입 다물고 있으렴. 가격이 그녀의 관심사가 아니었다니! 구경이나 하렴. 여기서는 차이가 그녀를 불편하게 하지 않았고, 오히려 그런 점이야말로 그가 훌륭한 전공의임을 입증하는 모양이었다. 반면에 그들 눈을 튀어나오게 하고 싶어 했던 르아브르의 사촌들, 그때는 어머니가 참아 주지 못했다. 결국, 차이가 클수록 더 수월하게 받아들였다. 왜 그녀가 이 의사를 만나 보겠다고 결정했겠는가. 그는 유명했고, 이런저런 환자를 실명에서 구해 줬다. 루르드의 기적도 나가떨어질 명의. 난 살짝 근시라는 점만 빼면, 굳이 여기까지 올 필요도 없었는데. 이름이? 저기 앉아라. 그가 내 코 위에 끔찍한 검정 안경을 올려놓고는 엄청난 속도로 안경알을 갈아 끼워 넣으면서, 더 잘 보이니 아니면 덜 보이니? 대답, 내가 그를 따라가지 못하자 신경질을 내며, 네 눈에 뭐가 보이는지 너는 알 거 아니니! 어머니가 끼어들었다. 의사 선생님께 대답하렴. 끔찍하게도, 그녀는 고분고분한 아이가 된 것 같았다. 그가 처방전을 써 줬다. 의사 선생님 말씀 잘 들었지, 안경 벗으면 안 된다. 그런데 어머니의 그 말은 의사더러 들으라는 소리였다. 가끔은 돈이 없나 싶은 생각이 들 정도인데, 그녀는 본 적 없는 재빠른 속도로 급하게 가방을 뒤적였다. 병원을 나오는데 비참한 기분이었고, 내게 반말을 해 대고 우릴 헌 양말 취급한 그 늙다리 꼰댈 죽여 버리고 싶었지만, 우린 말대답은커녕 입도 벙긋 못 해 보고 나왔다. 난 평소에 교사나 지위 높은 사람들에게 대답하는 일이 익숙하지 않았으므로, 어쩌면 그 때문에라도 부모가 먼저 나서서 냉큼 대답하는 것이리라. 그런데 적어도 안경 도수가 맞는지 보려면 시간이 필요하다고, 내 편에서 변명해 줄 수는 있지 않았을까. 이러고저러고 해도 우리가 그에게 돈을 주는 사람들이었다. 그러기는커녕, 그의 심기를 거스르지 않으려고 했고, 그저 고분고분, 일단 계단을 내려오고 나면 그게 다 헛다리 짚은 걸 텐데. 그녀는 그가 우릴 상대로 잘난 체하고 호통을 치는 것이 당연하다고 여겼다. 그 주제에 내게는 늘 되된다. 살면서 다른 사람들이 네 발을 밟고 지나가게 내버려 두면 안 돼, 맞서서 자신을 지켜야 한단다. 누구에게 맞서라고? 내가 박살을 내 줘야 했던 건 바로 그 허세 쩌는 엉터리 인간이었다, 그녀가 아니라. 그녀가 유력 인사들에게 잘 보이길 좋아함은 분명해 보였고, 내가 보기에 그들, 내 부모는 잘못 생각하는 것 같았는데, 그런다고 그들에게 득이 될 일은 전혀 없을 테니. 학부모 회의에서 교사들을 상대할 때도 마찬가지여서, 늘 그들 편. 그런데요, 혹시라도 애가 말을 안 들으면 벌을 주세요. 중학교 2학년 때에도, 내가 과제를 제출하지 않았다고 교사가 알려 주자 그런 매질을 권유했다. 정작 교사는 가만히 있었고, 나서서 한 대 쥐어박은 건 교사가 아니었다. 그리고 초등학생 시절. 선생님께 다 말씀드릴 거야, 그러면 너 혼난다. 난 고작 그걸, 기껏해야 각설탕 한 개를 훔쳤을 뿐인데도, 그런 터무니없는 위협을 믿었더랬다. 내가 고등학생이 되어도 학교에 가서 선생들을 귀찮게 하지는 않으려나, 지레 울적해졌다. 하루가 우중충하게 변했다. 어머니가 뭔가 낌새를 알아챘다. 신경 쓸 것 없다, 좀 거칠지, 그 의사가, 그래도 말이야 옳잖니, 넌 안경을 쓰고 있어야 해, 의사를 보러 오는 이유가 뭐겠니, 난들 그게 재미있겠니. 누벨 갈르리에 도착할 때까지 계속. 최악은, 부모가 일단 말도 안 되는 소리를 늘어놓기 시작하면 내가 그들을 저지할 수 있었던 적이 한 번도 없었다는 것이다. 난 앞뒤가 확 파인 또 다른 끈 원피스를 원했지만, 옷들로 꽉 찬 진열대 앞에서 옷걸이들을 떨어뜨리며 결정을 내리지 못한 채 이 옷 저 옷 만지작거렸다. 곁에 있던 어머니, 그걸 고르지 그래! 딴소리 않기다, 아니 눈앞에 그렇게나 많은데 어째 눈에 드는 게 하나도 없다니. 어머니의 유쾌한 기분은 차츰차츰 달아나고 있었는데, 내가 너무 우유부단하기도 했다. 피팅 룸 거울에 비친 내 모습을 보면서 뭘 입으면, 연재소설에 쓰여 있듯이, 나의 성적 매력이 가장 잘 드러날까 궁금해했다. 아니, 꼭 그렇다기보다는 누군가와, 그게 셀린일 수도 있겠지만, 누군가와 닮아 보이고자 고심했고, 천이 허리와 가슴에 꼭 들러붙는지 확인했다. 상큼해 보여요, 귀여운 원피스죠, 내가 판매원 앞에서, 이리저리 몸을 돌려 보며 무슨 생각을 하는지 그녀는 절대 알 수 없겠지. 그게 아니라면, 조금만 숨을 세게 들이마셔도 옷감 아래 몸매가 훤히 드러나리라는 진실을 보지 못한 척하고 있거나. 빨간 걸로. 백화점 밖에 나오니 흰색이 아쉬웠다. 그저 사 달라, 늘 사 달라. 부모가 얼굴을 찌푸릴 만도 했다, 난 기대했던 만큼 만족하지 못했으니까. 누벨 갈르리에서 나오면 이상하게도 시간이 어딘가로 날아가 버렸다. 달랑 작은 꾸러미 하나뿐이니, 낸 돈에 비해서 늘 보잘것없다. 그렇지 않으려면, 한꺼번에 원피스 열 벌은 사 들고 가야 하겠지, 그러면 내가 산 게 덜 중요해지면서 마음은 훨씬 더 가벼울 거야. 그러기는커녕 백화점에서 나오자마자 내가 산 원피스는 벌써 골칫거리가 되었다. 입긴 입을 거지, 이러쿵저러쿵하면서 옷장에 쑤셔 박아 두기만 해 봐라, 그리고 조심히 입도록 해라. 그 잔소리는 끝나지 않을 것만 같다. 원피스 하나 샀을 따름인데 그 문제가 며칠, 몇 주 동안 우리를 쫓아다니다가, 결국 원피스에 얼룩이 생기든가 혹은 유행이 지나 버릴 때까지, 혹시 잘못 사지는 않았는지 되묻는다. 그다지 중요하지 않은 것들인데도, 원피스가 딱 두 벌이니 어쩔 수 없이 그 생각만 했고, 그건 정말 맥 빠지는 일이었다. 그러고 나서 안경점에 들렀고, 퉁퉁한 안경사가 머리카락을 치워 가며 대여섯 개의 안경테를 내 귀에 걸어 본 뒤 어머니가 지갑을 꺼냈을 때, 난 그다지 까탈을 부리고 싶지 않았다. 그랬더라면 심한 죄책감이 들었겠지, 그들은 돈을 벌지만 난 아니니까. 그녀가 안됐다. 2만이나 지출해 버린 그 근사한 안경을 가방 밑바닥에 처박아 두기로 이미 결심했으므로, 그녀의 지갑을 봐도 내 마음이 바뀔 리 없다. 그러고는 약속했던 음반 차례. 그녀는 세 번이나 연달아 내가 좋아하는 가수의 이름을 틀리게 발음했고, 더는 그녀를 견디기 힘든 이유가

하나 더 생겼다. 오후 내내 이렇게 우리 둘 사이에서 펼쳐
지는 숨바꼭질, 정말 얼마나 짜증이 나는지, 아냐, 어머니
치고 다른 어머니들보다 더 나쁠 건 없지. 협박을 일삼다
가, 불만스러운 표정이구나, 넌 어째 늘 집안 형편을 넘어
서는 것만 원하니! 다정하게 굴다가, 우리 케이크 사 먹을
까? 심지어는 친구처럼 굴다가, 너도 나랑 같은지 모르겠
는데 루앙에 나오면 이 상점에서 저 상점으로 종종걸음 치
느라 참 피곤해. 난 줄곧 차가운 태도를 유지했다. 어쨌든
다 잡쳤는데 뭘, 그 둘과 함께하면 온갖 즐거움에 똥물이
튀고 만다. 누구 탓일까. 저녁에 돌아가는 열차 안에서 나
는 통로에 서 있었고 그녀는 창가 자리를 찾아냈다. 무릎
위에 놓인 터질 듯한 장바구니들, 군데군데 지워져서 얼룩
덜룩한 분칠, 그녀가 가여웠다. 난 왜 이렇게 못됐을까. 어
머니가 옳았다.《앵티미테》로 기억하는데, 부모를 괴롭히
려고 일부러 자기 소지품들을 찢어발긴 끔찍한 아이에 관
한 이야기가 거기 실렸었고, 어머니는 그걸 읽었더랬다.
어머니가 식사 자리, 아버지도 있는 데서 이야기를 들려줬
다. 알았지, 넌 절대 그렇게 되지 않도록 해야 해. 그 말에
두 눈이 공포로 따끔거렸고, 잡지를 훔쳐 냈지만 아무것

도 이해하지 못했고, 그 문제의 애가 바로 나, 안이라는 것만은 확실히 깨달았다. 그 잡지를 돌돌 말아서 정원의 녹슨 관에 쑤셔 박아 버렸고, 그 뒤 매번 그 옆에서 놀 때마다 내가 죽을 때까지 양피지처럼 돌돌 말려 있을, 내 못돼 먹음의 증거들을 보는 것 같았다. 아니, 부모가 죽을 때까지일까. 통로에서 남자들이 내 등 뒤로 지나다니기에 몸을 창에 납작하게 붙였는데, 모두 노인네들뿐. 그들은 점점 더 날 불쾌한 존재로 취급했는데, 곰곰이 생각해 보니, 그럴 만했다. 그 모든 선물에 대해, 그녀가 내게 사 준 원피스나 음반에 대해 더 많이 고마워해야 했는데. 나도 모르겠다. 그런 감정이 막혔나 보다. 예전에 세자린 거리에서 살던 시절. 엄마가 얼마나 좋아? 말해 보렴, 많이 많이 아주 많이 저 하늘까지. 그럼 아빠는? 조금조금 새끼손톱만큼. 엄마의 온몸에서 행복이 넘쳤고 아버지는 재미있어하며 웃어 댔다. 어머니 귀에 듣기 좋은 말이었다. 일요일 오후, 그녀가 방직 공장에서 일하던 시절, 너무나 녹초가 된 나머지 스타킹만 벗고 옷을 입은 채로 5시까지 내리 잤다. 나도 함께 잤다. 한 상자 속에 들어가서 몸을 둥글게만 두 마리의 개처럼. 널찍하고 완벽한 그녀의 몸, 그녀가 몸을 살짝만 움직여도 살갗 위에서 바보처럼 춤을 추는 가 터벨트, 풀어 놓은 금속 버클. 나는 자는 시늉을 하고 있었 다. 5시쯤 잠에서 깬 그녀는 놀라서 말을 잃었다가, 실내화 를 찾아 신더니 화장실 변기에 몸을 부려 놓았고, 살짝 열 린 문, 풍겨 오는 락스 냄새. 나는 계속 엿봤다. 어렴풋한 형체, 곧 끌어내리는 치마, 언뜻 본 모습이 무엇과 비슷한 지 알 수 없음. 어머니의 몸을 봐도 거북하지 않았다. 어머 니의 커다란 연보라색 꽃무늬 원피스를 걸치고 놀 때면 음 식 냄새, 땀 냄새가 났다. 어머니가 세수하는 모습을 지켜 봤다. 팔꿈치까지 흘러내린 슬립 끈, 털 없이 매끈하고 아 름다운 두 다리. 난 남자라면 전부 흉하다고 생각했는데, 좀 나아 보이려고 얼굴에 분을 바르는 법도 없잖아. 그녀 는 어떻게 그를, 그 거칠고 불그스름한 피부를 사랑할 수 있는 걸까. 예전의 그 모든 이미지들이 내게는 너무나 아 득히 여겨졌다. 어머니는 누벨 갈르리에서 구입한 물건들 위로 고개를 떨어뜨린 채 반쯤 잠이 들었다. 돌이킬 수 없 다. 이제는 오후에 움쑥 들어간 어머니 등에 붙어서 함께 잠드는 일이 즐겁지 않았다. 그리고 어머니가 마치 더러운 짐승인 양 '크루뉴뉴'라고 부르는 "그것", 그건 절대 안 봐,

차라리 두 눈을 가리고 말지. 그런 일들을 떠올려 봐도 아무런 설명이 되지 않았다. 그녀와 나에 관한 이러한 이미지들 속에는 내가 견딜 수 없는 뭔가가 있었다. 어쩌면 유년기 전체일까. 시험이니 학교니 그런 건 앞으로 나아가기 위한 것, 거기에 대해선 나도 두 사람과 같은 의견이다. 예컨대 내 새 원피스, 그건 미래에 속했다. 하물며 내게 그 원피스가 생기지 않았더라면 그 후의 시간은 달라졌을 테니까. 하지만 그들이 장래에 대해 원하는 걸 떠들어 봤자 소용없다. 부모로 표상되는 건 늘 유년기와 과거이니까. 열차 안에 있으면 이런저런 생각에 잠기게 된다.

7월 18일. 그날 저녁, 시간이 흘러감을 보면서, 이렇게 젊음을 썩혀야 해서 울었다. 오후에 앞집 여자가 조무래기들을 몽땅 데리고서 빨래를, 끝도 없이 빨래를 너는 모습을 보았다. 난 대가족을 좋아한 적이 없었다. 뒤죽박죽 뒤섞인 수많은 눈과 몸뚱이 들, 손가락에 들러붙는 끈적이는 짝들. 그 여자가 나오더니 널어놓은 빨래를 일일이 빠르게 구겨 대면서 말랐는지 만져 보고, 간간이 한 개씩 걷어 갔다. 한 시간 뒤, 그 여자가 다시 나오더니 눈 깜

짝할 새에 빨래집게와 남은 빨래들을 몽땅 쓸어 간다. 나보다 더 운이 좋은 것 같지는 않았다, 그 이웃 여자라고. 그 여자는 그저 그 생각을 하지 않을 테고, 지겨울 틈 없다는 점을 제외한다면. 어른들은 절대 지겨워하지 않음을 잘 안다. 머리를 식힐 여유도 없는 꽉 찬 시간은 벼락처럼 □는 걸까. 얘야, 넌 네 몸을 어째야 할지 주체를 못 하□구나, 너도 앞으로 일을 해 봐! 그녀는 일하느라 녹초□ 되어서 일요일엔 잠만 잤다. 그게 뭔지 앞으로 충분히 □게 될 테니, 넌 즐기렴. 나는 그들이 일하기를 좋아하□ 지 아닌지 여전히 알지 못했다. 그들이 하는 말을 듣고 □으면 갈피를 못 잡는다. 그가 공장에서 삼교대로 일한□ □ 으스대나 싶으면, 하루는 둘이 같이 고함을 쳐 대는□ 내가 한 말, 직업 없이 늘 여행을 하며 호텔에서 살 거□ 때문이었다. 이제 다시 그런 말을 또 입에 올릴 수 없□ □데, 그랬다가는 거실에서 나올 때 머리에 붕대를 감고 □을걸. 아마, 두 사람은 날 위해, 일하는 거겠지. 난 애 □□ 말아야지. 난 일과 비슷한 것들을 만들어 내려고 해 □ □. 9시 기상, 침구 정리, 아침 식사 10시, 청소 10시 15분 □영어 공부한 시간. 이건 가짜 일이니, 그런 심심풀이를 □ □□하게 여길 도리가 없었다. 심지어 개학마저 두 달이나 남았으니, 공부조차 장난 같았다. 뭔가 일이라는 표식은, 확실히 돈이다. 그게 아니라면 유용하기라도 하든가. 지금 내가 벌인 일은 아이들 놀이나 마찬가지였고, 두 달 뒤의 내 모습일 학생과 집 안을 광나게 쓸고 닦는 얌전한 가정주부 역할을 흉내 내는 놀이였다. 적어도 어머니는 프티트 비테스 카페에서 일을 봐주고 돈을 받지만, 난 내 방 청소를 해 봤자 땡전 한 푼 받지 못한다. 어쨌든 서랍 속을 뒤집어엎고 골라내고 내다 버렸고, 7월 말에는 두 번 다시 서랍을 열어 보지 않았는데, 그 안을 훤히 꿰고 있었다. 난 가짜로 일을 만들어 내길 그만뒀고, 원피스를 이것저것 입어 보기도 때려치웠는데, 누구한테 보여 줄 거라고. 먼지가 잔뜩 일던 어느 저녁, 굵은 빗방울이 떨어지기 시작했고, 새들은 늘 비가 내리기 시작하면 분주하게 날아다니고 짹짹거린다. 이웃 여자는 이미 빨래를 걷어 들였다. 심심하지 않았는데, 이야기를 써 보고 싶었다. 사실, 지난번에 만났던 소형 오토바이를 탄 그 남자애들, 더 멀리 올라가면 내가 염두에 뒀던 중학교 때의 몇몇 남자들 등, 그들 모두가 뒤섞여서 달달한 분위기를 자아내는 그런 쪽 이야기를 하고 싶은 건 아니었던 듯하다. 실제로 시야에 들어오는 남자애 라고는 한 명도 없고, 방학 내내 아무도 없을 전망. 그리고 찾아오지 않는 가브리엘. 수컷이라곤 한 놈도 없네, 그치, 알베르트와 나, 우리 둘 다 한번 터지면 그치지 않던 웃음보, 다 예전 일. 내가 쓰고 싶은 이야기들은 부끄러운 내용이 아니었다. 공책 표지 안쪽에 적는 그런 지저분한 얘기들, 사전에 나오지 않으며 아주 작디작게 끄적거릴 수밖에 없던 그런 말들은 이젠 안녕. 동시에 강렬한 두려움이 밀려왔다. 그래, 완전히 다른 이야기. 이 방 안에 뭔가 쓸 거리가 있다고 느꼈다, 방 안의 장식이나 내 이 한심한 생활과 관련해서. 비 내리는 걸 축하하는 새들, 그리고 이 욕망들도. 어떻게 할까. 도시, 동네순으로 묘사하고, 그다음에는 나. 그러고 나면 쓸 게 아무것도 없잖아. 우리가 소설의 등장인물 감이 아니라는 것이 뻔히 보일 뿐 아니라, 내게는 아무 일도 일어나지 않잖아. 그러자 든 생각. 더 시간이 흘러서 내가 살아온 세월이 많거나 혹은 남자와 자 본 다음이라면, 내 이야기를 들려줄 능력이 생길 텐데. 내게는 언어가 부족하다는 점이 훤히 보였다. 그리고 경험도. 아니, 꼭 그런 것도 아니었다. 어머니를 보면, 편지나 연하장

혹은 교사에게 보내는 쪽지 하나를 쓰는 데도 얼마나 낑낑
대는지, 종이를 펼쳐 놓고는 그 위 허공에 대고 작은 동그
라미를 연신 그려 보고 나서야, 꼿꼿이 앉아서 눈을 내리
뜨고, 얍, 쓰기 시작한다. 그녀는 내용을 다듬기가 어렵다
고 말하는데, 성공하느냐 마느냐, 거기에도 요령이 있다.
책에는 수많은 견본들이 나와 있다. 가령 난『이방인』이
가끔 자잘하고 평범한 것들에 대해서 말한다는 점을 알아
차렸다. 하지만 따라 하려면 상황에 맞춰 바꿔 놓아야 했
으리라. 그런데 그렇게 해 놓고 나면 즉각 머저리 같아졌
다. 글이 써지지 않았다. 4시에 카페오레 한 잔을 마셨는
데, 어머니는 장보기 목록을 적고 있었다. 꽉 막혔네. 처음
부터 핵심을 치고 들어갔더라면 좋았으려나. 사건과 감정
으로 한 장을 가까스로 채웠다. 엿같네, 그렇게는 글이 나
가지 않고 오히려 어찌해 볼 여지조차 너무 없다. 그래도
애를 써 봤다. 3인칭으로 쓰면 혹시라도 이야기하기에 거
북한 것들이 있더라도 더 수월할 것 같았다. 세 장을 채우
고 나니 더는 계속하고 싶지 않았다.《앵티미테》에 실리는
글의 시작과 비슷해졌다. 열차에서의 만남, 장소는 일등
칸, 그런데 여자가 칸을 착각했네, 이런 우연, 그건 그 여자

가 회사 대표에게 사랑받게 하려면 반드시 필요했다. 결국 내게는 이야기하기에 거북한 그 어떤 것들도 없었다. 이제 진저리가 났다. 나도 모르는 뭔가에 질질 끌려다닐 뿐, 완전히 비껴갔다. 주제에서도 벗어났고 단어마저도 어긋났다. 이곳에 내리는 비와 정원의 화단과 이 집 안 어딘가에 갇혀 있을 이야기로부터 너무 멀어졌다. 종이를 뭉땅 구겨버렸다가, 잘게 자르는 편이 더 낫겠다는 생각을 했다. 혹시라도 그녀가 이 파지를 발견했다면 내 주변을 계속 빙빙 돌았겠지. 네가 쓴 글, 사실이니 아니면 지어낸 거니. 사실이 아니라 지어냈다면 더 충격받겠지. 내가 어렸을 때도 그 둘은 늘 의심을 했다. 대체 뭐 하고 있니, 아무것도, 뭔가 쓰고 있으면서 거짓말쟁이, 그냥 장난이야, 그러니까 학교랑 관계없는 거라고? 그들 생각에, 글쓰기는 서로 잠지를 만지거나 미친놈처럼 얼굴을 찡그리는 짓만큼 위험했다. 그만두지 못하겠니, 그러다 큰일 난다! 그들은 그것에 도대체 무슨 의미가 있는지 물었겠지, 어디 쓸데 있다고 그런 이야기를 지어내니. 나는 그쯤에서 나의 문학적 시도를 중단했다. 우선, 문제는 언어가 아니었다. 난 뭔가를 원했고, 그게 다인데, 아무 일도 일어나지 않았다. 저녁 식사가 걱정되기 시작했다. 점심은 어머니와 나 둘이서 후다닥 먹어 치웠으므로 중요하지 않았다. 다행히도 난 늘 배가 고팠기에, 저녁 식사 초반에는 음식을 삼키는 즐거움 말고는 아무런 생각도 없이 그저 토마토와 달걀을 내려다봤다. 그러다가 접시가 비어 가면, 두 사람의 먹는 속도가 느렸으므로 음식과 음식 사이에 텅 빈 시간이 끼어드는 게 보였다. 두 사람은 음식물 주변의 소스를 빵으로 삭삭 닦아서 촉촉한 빵 속에 배인 소스를 빨아들이고, 빵이 완전히 흐물거릴 때까지 다시 빵을 소스에 적신다. 아버지는 이때가 하루 중 최상의 순간이라고 말한다. 희한하지, 그래 봤자 식탁이고, 골백번이고 늘 같은 사람이 둘러앉는데. 진짜 두려운 순간은 둘 다 말을 그칠 때 찾아들었다. 그러면 우리 셋을 한데 묶고 있는 것이 무엇인지 의아했고, 두 발이 땅에 닿지 않는 듯해서 내 이름 '안'을 되뇌었지만, 자기 주위의 존재가 전혀 느껴지지 않을 때에는, 이름 하나 불러 봤자 공허하게 울릴 뿐이다. 두 사람은 자주 신문에 실린 사건들에 대해서 이러쿵저러쿵 의견을 말했는데, 정치적 사안들은 아니고 오로지 사고나 범죄 사건들이었고, 어떻게 그런 일이, 그런 일 많이 보잖아. 두 사람

모두 두 눈으로 직접 본 적도 없으면서. 어머니는 그렇게 정의를 갈망한다면서, 어떻게 강도나 부랑아 얘기에 푹 빠진 채 즐겼을까. 아마, 우리가 살해되거나 도둑맞을까 봐 두려운가 본데, 그렇다면 제정신이 아닌 거지, 그 두 사람. 돈이라는 돈은 몽땅 저축 은행에 들어가 있는데. 그 밖에 또, 직장에서 일어나는 사건, 사고나 병도 있다. 정말로 세상에 중요한 게 그런 것밖에 없다면 그들 나이가 되도록 살고 싶지 않다. 식사하는 동안 결국, 그들이 수많은 사람들을, 이 동네에 살든 다른 데에 살든 좋게 보는 법이 없음을 알아차렸다. 대부분을 안 좋게 보고, 거기에서 벗어나 있는 좋은 사람은 고작 몇 명, 어쩌다 있을 뿐. 달라붙는 조무래기들을 잔뜩 데리고 빨래를 너는 이웃 여자, 그 여자는 살림을 서툴게 살았고, 또 다른 이웃은 술고래며, 콜레 할멈은, 자신이 누구라고 생각하는지 으스댔고, 그런데 그런 거, 우쭐대는 건 또 두 사람이 참아 줄 수 없는 일이다. 특히나 쥐뿔도 없다가 일어선 경우라면, 그걸 잊어선 안 돼. 늘 사람들 한 명 한 명에 대해서나 지적질이지, 제조업이나 학교, 시민 교육 시간에 교사가 우리에게 가르쳐 줬던 제도에 대해서는 한마디도 없다. 두 사람은 그런 게 존재한다는 사실을 알고는 있는 걸까, 물론 알고 있을 거야, 하지만 그런 문제를 놓고 의견을 주고받을 수 있다는 생각은 못 했다. 군복무, 그것에 대한 이야기도 갑작스레 끝났다. 군대야 필요하지, 난 말이야 군복무를 하지 않은 인간, 그건 남자도 아니라고 하겠어. 난 말이야. 너 대체 어디 끼어드는 거야, 네가 신경 쓸 일 아냐. 내가 끈질기게 들러붙었고, 왜 군복무가 필요하지. 두 사람은 성을 냈는데, 정말 싫어, 내 질문에 대한 대답도 없이. 그들에게는 모든 일이 다 "그냥 그런 것"이며, 그저 사람들 흠이나 잡지 다른 건 없음을 깨닫고, 기분을 팍 잡쳤다. 두 사람은 식사하면서 닥치고 있는 편이 더 나았다. 난 그게 평소보다 일찍 터졌으므로, 내 정신은 온통 거기에 쏠렸다. 여느 때와 다르게 아팠기에, 그녀 모르게 지나갈 수 없었다. 그녀가 말하길, 당연한 거야. 그토록 지겹지만 않았어도 아프지 않았을 것 같았다. 오후 내내 배를 깔고 누워 있었고, 그녀는 아주 상냥하게 굴며, 알약과 자신이 읽는 잡지들을 가져다주었다. 작년을, 그리고 더 멀리까지 나아가서 내가 보낸 7월들, 모든 7월들이 생각났는데, 기억해 내기 쉽지 않았지만 적어도 사 년 전부터는, 그다음 해가 그 전해보다 더 아득해 보이고 계단도 더 높아 보였으며, 그 각각의 계단 위에는 못생기고 상당히 멍청한 여자애, 내가 서 있었는데, 단지 현재의 계단 위에 서 있는 나만은 그렇게 보이지 않았다. 계단을 계속 올라가고 있으니 다행이었다. 어쩌면 다음 해에는 이번 해의 그 여자애를 보잘것없다고 여기겠지. 그런 과정이 지겨웠다. 그런데 가브리엘은? 망할 년, 날 다시 보러 오지 않았다. 시내에서도 보이지 않았고 걔네 집으로 찾아갈 수도 없었다. 그러면 자기를 쫓아다닌다고 생각할 텐데, 내게도 자존심이 있었다. 걔가 어느 오후, 휘둥그레 불안한 고양이 눈을 하고서 다시 나타났다. 그 행복감이란 누구도 상상할 수 없을 텐데, 장갑 뒤집듯 대번에 반전이 일어난 하루, 이제 모든 게 달라질 것 같았다. 어머니는 그 애에게 좋은 얼굴을 해 보였지만, 그래 봤자 곧장 뒷말로 상쇄되기 마련. 가브리엘 왔니, 계속 날씨가 좋아, 멋진 방학이지. 날씨라니, 그런 건 꼰대스러운 거고, 우린 전혀 관심 없다. 아마도, 우리 대화에 끼어보려고 그랬겠지. "자신의 눈길이 미치는 곳에 있는" 한 내가 여자 친구들이랑 노는 걸 늘 좋아했다. 그녀가 우리를 성가시게 하는 꼴을 보고 있자니 예전 일이 생각났다. 그녀는 세자린 거리의 공원에서 날 다른 여자아이들과 어울리게 하려고 들었다. 쟤들이랑 놀렴, 가서 안녕이라고 해봐, 너랑 같이 학교에 가게 될 애들이니까. 그것도 이유라고, 개끔찍, 어떤 여자애와 악수를 해야 했다. 꼬맹이들 사이에서는 절대 안녕이라는 인사를 주고받는 법이 없고, 그저 서로 한 번 바라보면 그걸로 충분한데. 너 거기 있니, 나도, 그러면 끝. 어머니가 억지를 부렸고 난 창피해서 땅속으로 꺼질 뻔했더랬다. 그리고 알베르트. 그녀는 우리 둘이 함께 있는 모습을 보면서 말하길, 남자애와 여자애라면 결혼을 시킬 텐데. 그녀는 추잡한 생각 따윈 절대 해 본 적 없음이 틀림없었다. 안됐지, 뭐. 그리고 자기 존재가 겉돌고 있음을 깨닫고 그녀가 다시 다리미질에 매달리기를 기다리며, 우리가 그녀 앞에서 정녕 약혼한 사이처럼 거북해하며 입을 다물었음도 사실이다. 가브리엘과 나는 의심을 불러일으키지 않으려고 느긋하게 멀어져서 정원의 까치밥나무 근처로 갔고, 비치 타월 위에 자리 잡았다. 알베르트와 나, 둘이 서로의 귀에 소곤댔던 온갖 지저분한 말들, 그 말만으로도 당장 우리 둘을 소년원에 처넣을 만했다. 여러분, 어머니가 보아서 안 되는 일은 절대로 하지 마세요. 초등학교 때 선생님이 그렇게 말했다. 난 가브리엘이 알려 주고 싶은 비밀이 있어서 왔음을 잘 알았다. 걔가 생피에르 축제 이후 괜히 사라졌을 리 없었다. 가브리엘은 작정을 하고 미주알고주알 털어놓기까지 갖가지 표정을 지어 대며 시간을 끌었다. 나는, 호기심 어린 조급한 기색을 드러내지 않기. 내 쪽에서 내놓을 게 아무것도 없는데, 자세한 이야기를 들려 달라고 요구하기란 굴욕적이다. 가브리엘은 거만한 표정으로 풀잎을 씹으면서 신경을 건드렸다. 쟤는 대체 뭘 기다리는 걸까, 어차피 찾아온 이유가 뻔한데, 그러니까 이야기가 하고 싶은 것 아니야. 어떤 남자를 알게 됐어. 그러고는 일부러 이야기를 끊고 한참 동안 날 내버려 뒀다. 방캠 지도 강사야, 너도 알지? 르 푸엥 뒤 주르 성(城)에 방학 캠프 차린 것 말이야, 아니, 알면서. 알베르트처럼, 시작하기 전에 별의별 표정을 지어 가며 시간 끌기. 너 말할 거지! 절대 안 한다니까, 맹세한다고! 맹세하고 나서 거짓말하면 즉사야, 그건 알지? 어머니 아버지 머리를 걸고 맹세한다고. 걔는 내가 애타서 죽을 지경까지 몰고 갔다. 그 아이가 이제 들려주려는 내용에, 말하자면, 나의 미래가 걸려 있기 때문이었다. 다른 여자애들에게 일어나는 일은 전부 다 당신에게도 일어나기 마련, 나는 그렇게 생각했는데, 그건 마치 생리와 같다. 난 관심 없는 척하는 데 성공했고, 그러자 가브리엘이 직진했다. 그저께 오토바이를 탔거든, 산책을 했지. 가브리엘은 한번 더 애를 태웠다. 들판이. 건초 더미가. 그 애가 말했다. 그런데 다른 강사들도 있어, 서넛 정도. 나머지 강사들은 내 알 바 아니었고, 특히 가브리엘이 다른 강사들도 있다고 말했으므로 더욱 그랬다. 그래서 뭘 했는데? 걔는 다시 으레 그 고양이 같은 표정을 지었다. 그런 건 말로 안 하고 휘파람을 불지. 걔 옆에서 내가 얼마나 한심해 보였나 몰라. 어쨌든 걔는 이야기를 해 줬다. 어머니가 간식 먹겠느냐고 물어보러 왔는데, 늘 그러듯, 내 친구들에게 잘 보이고 싶어 하는 그 버르장머리. 아가씨들, 끼리끼리 할 말이 있겠지! 순진하긴. 어머니가 떠나자 난 가브리엘에게, 다른 강사들도 있다며, 그러니까…… 일깨워 줬다. 내가 걔보다 더 못생겼더라면 좋았을걸, 그랬더라면 걔가 덜 경계했겠지. 걔 말에 따르면 어려움이 적지 않았다. 넌 나처럼 자유롭지 않잖아, 그리고 자전거를 타고 가야 해. 산을 들어서 옮기는 일만큼의 어려움. 가브리엘이 가고 나서, 남자애들 꽁무니를 쫓아다니려면 해결해야 할 문제들 앞에서 의기소침해졌고, 가장 해치우기 어려운 급선무는 누구에게도 그런 티를 내면 안 된다는 거였다. 그러고 나니, 그 들판이니 건초니, 그리고 마티외의 손에 내맡겨진 브래지어에서 풀려난 가브리엘의 가슴이 눈앞에 어른거렸다. 어쩌면 나에겐 소유 개념이 없나 봐, 적어도 상상 속에서는, 날 위해서 마티외의 나머지 한 손을 기꺼이 훔쳤을 테니까, 오십 대 오십으로 혹은 너 한 번 나 한 번, 아무것도 못 갖는 것보다야 나눠 갖기라도 하는 편이 더 낫지. 가브리엘, 걔가 진정 우리가 친구이기를 바란다면 남자 문제에 있어서 우리 둘 다 동일 선상에 있게끔 노력해야 해. 격차는 참을 수 없다. 가브리엘이 이미 나보다 너무 많이 앞섰다. 나보다 삼 년 앞섰던 알베르트, 내가 절대 따라잡지 못했던 알베르트는 브래지어로, 팬티 가장자리에 처음 생겨난 음영으로, 다달이 등허리 아랫부분이 살짝 솟아오르는 것으로도, 용용 죽겠지, 나를 약 올렸다. 내가 같은 수준에 다다르기도 전에 내 삶에서 사라져 버린 애. 가브리엘에게 샘이 났다. 어쨌든 방학이 덜 지겨워진 건 바로 그날부터였다.

그건 그렇고, 투르 드 프랑스의 결승선이 뚫리던 일요일 아침, 아버지는 우승자가 벨기에 사람이라며 성질을 냈는데, 그날 아침, 외할머니가 침대에서 돌아가신 상태로 발견됐다. 할머니는 우리가 사는 곳의 반대편에서 이모와 함께 살았다. 중학교 졸업 이후 벌어진 첫 사건이었다. 어머니는 정신 나간 사람처럼 할머니 댁으로 출발했고, 그날 오전 내내 어머니 없이 아버지와 나, 둘이서 지냈다. 가족 상(喪)이 없은 지 아주 오래되었다. 가끔 외할머니가 돌아가시면 어떨까 생각해 봤다. 다른 조부모뻘 친척들은 내가 꼬맹이였을 때 양로원에서 죽었으므로 외할머니만 남아 있었으니까. 삼촌 한 분의 장례를 치른 적이 있었는데, 그날 집 안에 사람이 가득했다. 그래도 난, 초등학교 3학년 무렵이었을 텐데, 학교에 갔고, 사람들에게 알릴 소식이 있어서 신이 났더랬다. 선생님은 날 쌀쌀맞게 대했다. 얼마나 슬픈 일이니, 떠벌릴 일이 아니다, 어쩌고저쩌고. 그런데 집에서는 누구도 슬퍼하지 않았다, 장담할 순 없지만. 모두 노래를 부르고 한잔 걸친 모양이었으므로, 그건 기분이 좋은 상태고, 내가 다른 가족 식사와 혼동하는 것이 아니라면 말이다. 그래서 할머니가 죽고 다시 볼 수 없다면 기분이 어떨지 열심히 머리를 굴려 봤다. 어렵네. 할머니가 마지막으로 우리 집에 왔던 때는 6월 초였는데, 아버지가 이런 말을 건넸더랬다. 어머니, 쌩쌩하시네요, 어머니가 우리 장례를 치러 주시겠어요. 할머니는 귀가 멀어서 그 말을 듣지 못했고, 난 그런 말이 재미없었다. 엄청난 슬픔을 느끼지는 않았지만 단숨에 나이가 들었다. 오늘부터, 아주 어릴 적 나를 떠올릴 때면, 때때로 할머니의 몇몇 이미지들도 함께 떠오르겠지. 할머니는 죽었고, 뭔가가 닫혔다. 다 같이 삼촌 묘지에 갔을 때 어머니가 말하길, 삼촌은 하늘에 계셔, 너도 알지, 삼촌은 어쨌든 다 보고 있단다. 오랫동안 나는 외할머니가 돌아가실까 봐 두려웠다. 할머니가 나의 온갖 나쁜 짓들을 알게 될 테니까. 이제 더는 그런 생각을 않았기에, 할머니가 죽은 그날을 받아들이면서는 호기심이 앞섰다. 살짝 우스꽝스러운 하루. 어머니 대신 청소와 요리를 했고, 만족스러웠다. 난리 통을 틈타서 어쩌면 몰래 빠져나갈 수 있을지도 모른다고 잠깐 생각했는데, 흉사에도 좋은 점은 있기 마련. 가브리엘이 말한 남자들을 생각했고, 그러다가 다시 할머니 생각. 두 가지가 뒤섞여서 좀 거북했는데, 둘 사이엔 아무런 연관성도 없어서였다. 난 할머니 다음에 누가 죽을지를 이성적으로 따져 봤다. 아무래도 장 삼촌일 듯. 하지만 그는 58세밖에 안 됐다. 머릿속에서 떠나지 않는 기억이 있는데, 할머니는 늘 레인지 앞에서 등을 보이고, 크림소스를 친 토끼 고기를 요리하는 중이었다. 우리는 지하 저장고에서 거죽 위에 흘러내린 핏줄기가 남아 있는 토끼의 잘린 두 발과 털가죽을 가지고 놀았다. 만족스러우면서도 울적한 기분이었다. 어머니가 돌아왔고, 난 엄마가 본인 입으로 말하듯 충격으로 뒤집어졌으리라고 생각했지만, 웬걸, 눈물 한 방울 흘리지 않은 채 가브리엘처럼 두 눈을 번쩍이면서 한숨짓듯 말했다. 다 끝났어. 식사 자리에서 염을 하고 손에 묵주를 쥐어 준 사람이 자신이라는 이야기를 했고, 신부님께서는 모든 것이 흠잡을 데 없다고 여겼단다. 나는 구역질이 났다. 아버지는 마지막 의무를 다하고자 할머니에게 가겠노라 말했고, 어머니는 내가 아버지와 같이 갈 필요까진 없다고 판단했다. 젊은 애들이 상관할 일이 아니야. 내가 불행에 당첨될까 봐, 이 표현은 어린아이나 아가씨가 보아서는 안 될 것을 봤을 경우에 할머니가 사용하던 말인데, 그들에게도 그런 일이 벌어질까 봐 불안해서였다. 잘된 일이었다. 난 볶은 버터 냄새가 자욱한 가운데 등을 보이고 서 있는 할머니의 모습만 기억하고 싶었다. 갑작스러운 죽음이라 그다지 이야깃거리가 없으리라고 생각할 만한데, 결론을 말하자면, 어머니는 그다음 날 이웃 여자들과 떠드느라 하루를 다 보냈다. 때때로 그 얘긴 탐정 소설의 분위기마저 띠어서, 자신이 어떻게 어머니를 발견했는가에 집중됐다. 빈 카페오레 잔이 있었으니 어머니는 그걸 마시고 다시 자러 간 거였죠, 그거야 쉽게 알 수 있지, 어머니에겐 아직 온기가 있었거든, 정말로 잠잘 때의 모습 그대로였어요, 시트를 턱까지 끌어올리고서. 사람들은 실질적인 설명을 기다렸지만 그런 건 없었다. 어머니는 연신 자잘한 것들만 들춰 대다가, 결론을 내렸다. 우리 모두 영원히 살 수야 없지요, 어머니는 고통을 겪지 않으셨어요, 그것만 해도 어디예요. 이웃 여자가 살살 구슬려서 이야기를 들으려고 찾아오면, 손에 행주를 들고 있다가 몇 번씩 눈가를 훔쳤다. 끝없이 주절대는 그 말들에 짜증이 났다. 내가 현실을 느끼는 방식과 어머니가 하는 말 사이의 관련성이 점점 줄어들고 있음을 확인했다. 그녀가 그때도 할머니를 사랑했는지 모르겠고, 몇 살이 되면 어머니를 잃어도 덜 괴로

울지 몰랐다. 어쨌든 겪게 될 일이니까. 지금 어머니의 나이인 마흔여덟 살이면 그런 일을 더 잘 넘기게 되는 모양이었다. 그래서 어머니도 이목을 끌어 보려고 저렇게 이야기를 부풀린다고 생각했다. 내 첫 영성체 날처럼 갑자기 엄청난 활기가 돌았고, 자고 갈 가족들을 위해서 바닥에 매트리스를 깔았다. 모두들 새 안경이 나와 잘 어울린다고 해 줬다. 할머니는 뒷전이었고, 그저 친인척이 모이는 기회였다. 장례 미사 때까지 야단법석. 난 미사에 가지 않았는데, 점심때 먹을 송아지 고기 요리가 타지 않도록 지켜볼 누군가가 필요했기 때문이다. 내 원피스는 전부 다 눈에 확 띄는 데다가, 어머니는 장례 미사에 입고 갈 상복을 구입하느라 추가로 지출할 필요는 없다고 판단했다. 이모, 이모부 들도 우리 부모가 하는 말을 똑같이 했고, 저녁 식사 자리에서는 일, 집세, 어음 얘기가 나오더니 끝내 중구난방이 되었다. 그리고 다 함께 햄과 소시지를 먹었다. 내가 보기에 그들은 내 부모보다도 더 별로였다. 외삼촌 장은 어떤 사내가 비계에서 추락한 얘기를 했다. 형체를 알아볼 수 없더라. 내 나이 또래의 사촌은 없었고, 열두 살짜리 어린애가 한 명 있을 뿐이었다. 모니크 이모가 오지 않아서 유감이었는데, 사촌 다니엘이 따라왔을 테니까. 어머니가 슬슬 시동을 걸었다. 다들 봤지, 모니크네에서는 그 누구도 안 왔어, 자기 부모를 존중하지 않는 사람은 형편없는 인간이라고, 안 그래. 어디, 떠들어들 봐라. 가여운 어머니의 관에 꽃 하나 놓지 않다니. 모두 그 이야기에 달려들었고, 그러면서 송아지 요리를 먹어 댔다. 꼭 부자가 아니더라도 나름의 자존심은 있다고. 그들은 정말로 물불 못 가리는 놈, 다니엘을 도마에 올렸다. 벌써 개떡 같은 직업들을 수도 없이 거쳤대, 거기다가 춤판에서 싸움질도 하고, 술도 엄청 마신다대. 다니엘이 가라데라든가 주짓수를 통신 수업으로 듣는다는 게 생각났다. 더불어 그가 갖고 있던 책『성공한 삶을 살기 위한 스무 가지 비결』도. 그는 헛된 꿈을 잔뜩 품고 있었고, 자신의 처지에서, 그 모든 것에서부터 빠져나와 보려고 꿀단지에 빠진 파리처럼 버르적거렸다. 열일곱 살에 직업 교육 고등학교에서 쫓겨났다. 난 열네 살 때 그에게 반했더랬다. 그들이 그에 대해서 쏟아 낸 온갖 말들을 듣고 나니 앞으로 그런 일이 더는 가능하지 않음을 분명히 알게 됐고, 두 눈엔 눈물이 고였다. 이제는 뭔가 언짢은 것을 보면 눈물이 난다. 그냥 그렇게

되는 것 같다. 어찌해 볼 수 없으리라. 다니엘은 정말 출발
부터 안 좋았는데, 그 생각을 하면 두려워졌다. 엇나감, 그
건 순식간에 일어날까, 어떻게 그 신호들을, 올바른 길에
서 나쁜 길로 빠지게 하는 그 행위를 알아보는 걸가. 다들
그건 부모 잘못이라고, 다니엘의 행실을 제대로 잡아 주지
못해서라고 말했다. 그들 모두가 한마음이고 그 문제에 대
해서 똑같이 생각하는 모습을 보고 기가 막혔다. 제일 우
스운 점은, 그들 모두가 사소한 것들을 놓고 다투기 시작
했다는 것. 모니크가 르아브르의 에리에스 거리에 팔 년
살지 않았나, 육 년, 에이, 그 정도는 아니야, 잠깐 가만 있
어 봐 칠 년. 그러니까 여기서는 정확한 기간을 반드시 알
아야만 견해가 생기고 진실도 드러났다. 그들은 점점 더
사소한 문제로 빠져들었다. 이 일로 할머니는 어느 결엔
가 희미해졌다. 더는 아무것도 내 흥미를 끌지 못했다. 어
려서 가족 식사 모임을, 접시에 담긴 케이크, 노래, 부엌에
서 사촌들과 벌이는 야단법석 따위를 좋아할 수 있었다니,
하긴, 어려서는 대화에 귀를 기울이지 않고, 듣는 둥 마는
둥 하기 마련, 그저 배경음이랄까. 난 식탁에서 벗어날 생
각만 했다. 가브리엘, 그 망할 년, 대체 지금 뭘…… 그리고

저 인간들, 환장하겠네, 난 미지의 뭔가를 찾아서 계속 뱅글뱅글 돌았고, 그치야 잘 지내지, 저치야 슈퍼에서 한 번 봤지, 마치 이 모든 사소한 일들이 중요하고, 그걸 알아야 어딘가로 갈 수 있다는 듯이. 그러더니 커피를 마시고, 다시 커피 잔에 브랜디를 따르고, 또 따른다. 저들과 날 연결해 주는 것은 무엇이었을까. 이번에도 깊은 구렁. 드디어 정원에 나가서 뻣뻣한 다리를 풀어 보겠다고 일어났다. 해가 기울어 갈 무렵이라, 텃밭의 채소들은 길쭉한 그림자로 형체를 드러냈다. 졸시를 본 그날처럼, 오후가 나도 모르는 새 어느 틈엔가 흘러가 버렸지만, 이번에는 아무런 소득도 없으리라. 먹고 마신 뒤 배를 꺼트리려고 나가는 것보다 더 최악은 없는데, 이모부들은 완두콩밭 위쪽의 오솔길로 뿔뿔이 흩어졌고, 이모들은 엉덩이로 깔고 앉았던 치마가 잔뜩 구겨진 채라 보기 흉하고 후줄근했다. 예전에는 다른 사람들이 아니라 우리를 위한 잔치, 요컨대 내가 특별히 대우받는 잔치가 벌어지는 날들이 좋았다. 그런데 장례일 저녁에는 오히려 끝이 나서 홀가분했다. 사람들은 내게 가볍게 입을 맞췄다. 자 또 보자, 안, 고등학교 가서도 공부 잘하고, 네가 교사가 되면 참 좋겠구나. 난 한데 어울려서 너무 많이 먹었고, 체리 브랜디에도 입을 댔더랬다. 어머니 아버지가 말하길, 저녁을 차려 먹을 필요 없겠어, 아직도 배가 빵빵해. 잔치를 치른 날 저녁은 으레 그러기 마련인데도, 기분이 더럽고 무겁다. 게다가 이렇게 또 하루를 날렸다는 생각이 들었고. 가브리엘은 앞서 달리는데, 난 이모들이 채소 가격을 비교하는 소리나 듣고 있지 않았나. 이렇게 장례와 뒤이은 식사 자리가 없었더라면, 아마 그렇게까지 조급해하지 않았을지도 모른다. 적절한 순간에 죽어 줬네, 할머니가. 7시에도 여전히 해가 떨어지지 않았고, 어쨌든 장례를 치른 날이므로 두 사람은 티브이를 보지 않았다. 두 사람이 집 안을 정돈하는 동안 난 나쁜 짓으로 하루를 마감했는데, 조금 더 가든 조금 덜 가든 뭐가 다를까, 그러고 하룻밤 자고 나면 괜찮을 거야. 적어도 그날 저녁의 그 일은 덜 후회스러웠는데, 만약 하느님이 존재하고 할머니가 저 위에서 모든 걸 본다 해도, 할머니가 되돌아와서 자신을 매장한 날 저녁에 내가 무슨 짓을 하고 싶어 했고, 무슨 일을 했는지를 말하지는 않을 테니까. 일단 그래야겠다는 생각이 들면 더는 생각을 고쳐먹지 못한다. 그건 할머니를 매장하는 내 나름의 방식이었다.

다음 날 어머니는 프티트 비테스에서 일했다. 난 2시에 가브리엘이 사는 건물로 갔다. 걔 어머니가 장 본 것들을 풀어놓았다. 걔는 숟가락으로 자꾸 커피를 저어 대서 귀에 거슬리는 소리가 났다. 난 걔가 싫었다. 괜찮은 남자들을 사귈 다른 방법이 있었더라면 우정 따위는 필요 없었을 텐데. 게다가 늘, 우정이란 기다리는 시기를 잘 보내려고 의존하는 임시 대용품이라고 생각해 왔다. 남녀 공학이 아닌 초등학교 시절, 마음속으로 몇몇 여자아이들의 성별을 바꿔서 내심 남자아이들로 여겼더랬다. 할머니가 돌아가셨다는 이야기는 깜빡 잊고 하지 못했다. 가브리엘의 아파트를 둘러보니, 우리 집처럼 소박한 공간이지만 물건들은 완전히 달랐다. 다른 사람의 집에 있으면 묘한 기분이 든다. 다른 애들의 부모는 더 별로다. 가브리엘의 어머니보다는 내 어머니가 더 나았고, 다른 애들의 어머니들은 늘 불쾌하기 마련이어서, 어떻게 친구들이 오랫동안 자신들의 어머니가 역겹다는 사실을 깨닫지 못하는지 궁금했다. 나와 나의 어머니 사이가 그러듯이 가브리엘과 가브리엘의 어머니 사이도 똑같이 내밀하리라고 생각하면 특히 혐오스러웠는데, 그 여자의 얼굴에는 어머니를 연상시키

는 뭔가가 떠돌았고, 삐딱하게 한쪽 엉덩이만 걸치고 앉는
다든가 포마이카 식탁에 팔꿈치를 괸다든가 하는 행동이
영락없었다. 걔 내가 와서 거북해 보였는데, 나도 그랬고,
걔 어머니는 끊임없이 청어 통조림과 내가 끔찍하게 싫어
하는 사과 주스를 꺼내 놓았다. 이 실내에서 빨리 나갈 수
있기를, 가족이란 존재하지 않는 것 같은 학교에서처럼 다
시 둘이 서로 거의 대등하게 마주하기를. 교사들, 그들은
"사회"나 "노동"과 마찬가지로, 자신들과 무관한, 아주 막
연한 무언가처럼 "학부모"라고 말하잖나. 가브리엘, 걔는
어머니에게 반응하는 더듬이를 가지고 있어서 언제 함께
내뺄 수 있는지, 혹은 그러면 안 되는지를 알고 있을 테니,
기다려야 했다. 수영장 가자고 왔구나, 눈짓, 수영복 챙겨
올게, 기다려. 삼십 분 뒤, 우리는 수영장과 반대 방향의 국
도를 달리고 있었다. 난 자전거를 넣어 둔 건물 주차장에
서 블라우스를 벗어 버렸으므로 끈 원피스만 걸치고 있었
다. 방캠 장소인 성 바로 앞에서 안경을 벗을 생각이었는
데, 자전거를 타려면 안경을 쓰는 편이 더 나았고, 미신적
이지만, 부모에게 내가 외출한다고 알리지 않았기 때문에
그 벌로 넘어져서 얼굴을 바닥에 갈 수도 있었다. 그래, 겁

이 났다. 누군가 내게 자전거가 뒤로 달린다고 말해 줬더라면 거의 마음을 놓을 판이었지만, 겁이 나더라도 해야 하는 일들이 있다. 그러지 못할 바에야 개학할 때까지 집에서 가족의 품에 머무르는 게 나았다. 그러느니 죽고 말 거야. 난 스스로가 무엇을 향해 달려가는지 알지 못했다. 연재소설에도 그렇게 써 있다. 심지어 『이방인』에도 그렇게 써 있던 걸로 기억한다. 그것은 "불행의 문을 두드리는 짤막한 네 번의 두드림 같은 것이었다." 하지만 난 아무런 낌새도 알아채지 못했기에 그렇게 말할 수 없었다. 그 뒷이야기를 알고 있는 지금으로서는 이야기가 완전히 달라지지만.

방캠 풀밭에는 남자가 다섯, 그러니까 지도 강사 다섯에 여자 둘이 있었는데, 아이들의 낮잠 시간이 끝나기를 기다리고 있다고 했다. 후다닥 계산을 해 보니 남자 셋이 남았는데, 이미 누군가 여자 강사 두 명을 드셨을 테니까. 가브리엘이 마티외를 차지했으니, 남은 두 강사 중에 고를 수 있었다. 그런데 그 둘은 누굴까, 흥미진진했다. 살맛이 났다. 그들은 지저분한 농담이나 이야기에 있어서 거침없었으므로 평소라면 불편했겠지만, 다른 두 명의 여자 강사들, 그리고 가브리엘도 평온하게 그런 이야기를 들어 넘기며 웃었다. 여자들 전부가 그런 외설적인 이야기들을 자연스럽게 여긴다는 증거. 그들 태도에 안심이 되어서 더 이상 얼굴을 붉히지 않았고, 심지어 남자애들이 목청껏 부르고 여자애들이 랄랄랄라 장단을 맞춰 주는 노래에 웃기까지 했다. 썩 괜찮았다. 그 노래 때문에 이제 그렇게 웃는 일은 없지만, 지금도 가끔 그 노래를 흥얼거리고 싶을 때가 있다. 엄마, 처녀성이 뭔가요, 애야, 그건 한 마리 새란다, 새장에 가둬 둔 새, 열다섯 살이 될 때까지. 날 사로잡고 있던 두려움에서 차츰 벗어났는데, 처음엔 열여덟은 넘어 보이는 그들 모두가 나이 들고 추해 보였다. 내 눈에 무리 지어 있는 사람들은 늘 추해 보인다. 차츰 익숙해졌지만 그들 중 내 짝이 될 남자가 누군지는 여전히 보이지 않았다. 갈색과 흰색이 뒤섞인 개 한 마리가 우리 주변에서 어슬렁거렸는데, 탈이 난 것 같았고, 그 개는 여러 번 풀숲에 볼일을 보러 갔기에 그 개를 놓고 농담까지 해 댔다. 난 모든 일이 시작되기 전, 그 순간에 일어났던 살짝 지저분한 일에 자꾸 신경이 쓰인다. 그 개를 지켜봤고, 내가 9월에 다시 풀밭을 찾아와서, 아마도 올해 내릴 겨울비에 사라지고 말 굳어 버린 개똥을 보는 것만으로도 뭔가가 내 삶에서 완전히 끝나 버렸다고, 끔찍해라, 생각하게 될 줄을 그때는 미처 알지 못했다. 그러니 내게 첫날은 병든 개의 날이다. 둘째 날은 어머니가 프티트 비테스에서 일하는 날이 아니었다. 대담하게 질러야 했다. "가브리엘네 가." 그 말을 하면서 낯빛을 살핀다. 의심의 기색은 없었고, 그저, 예전엔 개랑 얘기 안 하더니 이제는 늘 둘이 붙어 다니는구나. 난 신중하게 굴었다. 평상시처럼 살짝 음울한 얼굴로, 내가 가브리엘 집에 가는 이유는 그거 말곤 달리 무슨 일을 해야 할지 몰라서, 라고 말하는 듯한 표정 짓기, 친구에게 너무 집착하는 듯 보이지 않기. 안 그러면 어머니가 질투할 수도 있었다. 옷차림새를 최대한 조심하기, 가슴 파인 옷이나 꽉 붙는 청바지의 용도에 대해 조금이라도 의심이 생기면 용서란 없다. 머리를 묶고 끈 원피스 밑에 블라우스, 낡은 블라우스를 입고서, 그녀가 속눈썹에 칠한 검정 마스카라나 눈두덩의 연보랏빛을 보지 못하게, 냅다 뛰어라 달려라. 즉각 경보음이 울려 댈 화장수는 특히 금물. 보나 마나 부엌에서 눈으로 날 좇고 있을 테니 차분하게 자전거 꺼내기, 최대한 가슴과 엉덩이를 감춰서 그녀가 작년 이후 내 몸에 일어난 변화를 보지 못하게 아이처럼 교태 없이 걷기. 난 당당하게 안경을 쓰고 있었다. 그녀의 생각이 자전거를 타고 갈 때의 위험성으로 쏠리도록, 조심스레 '우선 멈춤' 표지판이 보이면 서야 한다, 응, 아예 자전거에서 내려온다니까, 좋아. 그녀가 찻길 걱정만 하는 한 위험은 없다. 이번에 그들은 풀밭에 앉아서, 가브리엘은 마티외 옆에 앉았고, 정치 토론을 벌였다. 그다지 알아듣지 못했음에도 만족스러웠는데, 이번에야말로 뭔가를 제대로 배우려는 참이었으니까. 그러니까, 학교를 벗어난 곳에서 말이다. 학교에서야 야한 이야기는 눈곱만큼도 없고 그저 유용한 것만, 배워야 할 것만 들어야 하므로 아무런 의욕도 안 생긴다. 살다 보면 알게 돼, 부모는 입에 달고 사는 그 말 뒤에 숨어서 그게 무엇이든지 내게 알려 주기를 회피한다. 난 그들이 남자고, 그런 경우, 말 뒤에 늘 의도가 있기 마련이라는 생각 따윈 거의 하지도 못한 채 귀를 기울였다. 마티외가 가브리엘이 들고 온 책을 슬쩍 집어 들었다. 작가가 파쇼 같은데, 그게 무슨 소린데. 그러니까 노동자 계급을 등쳐 먹는다고. 나도 가브리엘이 보던 그 책을 이미 읽었지만 그런 점은 전혀 알아차리지 못했더랬다. 그 말이 사실이라면 그 문제의 기 데 카르는 능수능란하기 이를 데 없는데, 왜냐하면 그의 글에서는 타오르는 정열만을 보았으니까. 내가 마티외에게 대답했다. 우선, 노동자 얘기는 한 번도 안 나오는데. 툭. 바로 그게 증거지. 탁. 난 토론하는 법을 몰랐지만 그 남자, 마티외의 말을 처음에는 믿지 않았다. 정말 그런 책이라면 어떻게 그 누구도 우리에게 주의를 주지 않을 수 있었겠는가, 어머니조차 경계심을 갖지 않았는데. 어쨌든 그 별 볼 일 없는 책과 아버지가 공장에서 하는 노동 사이에 어떤 관계가 있다는 주장은 너무 멀리 나간 말 같았다. 정치, 그건 흥미를 끌었기에 내용을 따라가고자 애썼다. 우리 집에서는 절대 정치 얘기를 하지 않는다. 아버지는 노조원이지만 그가 가입한 노조에서는 정치 활동을 하지 않는다. 그리고 그 문제에 관한 한 어머니는 단호한 편이다. 그런 이야기는 화제에 올리면 안 돼. 안 그러면 싸움이 난다. 아랍과 이스라엘에 관한 이야기가 나왔는데, 논의의 갈피를 잡지 못했다. 비행기 납치라든가 인질, 테러범 등 그 주제에 대해서 제법 아는 게 있다고 생각했었는데, 이번 방학이 너무 지겨운 나머지 티브이에서 다루는 사건들을 계속 눈여겨봐 왔으니까. 창피했고, 내가 전부 다 틀리게 이해했나 싶었다. 혹은 티브이 속의 그 인사가 우리에게 엉터리 수작을 늘어놓았든가. 그럼에도 이번 연애 시도가 흥미진진하게 여겨졌다. 토론하려고 여기까지 온 것은 아니었지만 그로 인해 모든 게 더 짜릿해졌음을 깨달았다. 심지어 함께 이야기를 나누는 자리가 물밑에서 누군가를 선택하는 데 도움이 되는 것 같았다. 눈빛도 가끔 그러긴 했지만. 그들 중 누가 이미 여자 강사들과 짝지었는지를 알아맞히기란 제법 어려웠는데, 그들이 날 바라보는 방식에서 아무런 차이도 보이지 않았으니까. 마티외마저 그랬다. 첫날과 다른 점은 아무것도 없었음.

8월에 아버지의 유급 휴가가 시작되었다. 내가 질색하는 시기로, 그들은 휴가를 성공적으로 보낸 적이 단 한 번도 없다. 혹은 8월이, 그 더위가 문제인지, 휴가라고 해봤자 축일과 흡사해서, 그들은 지겨워하다가 아주 불쾌하게 바뀐다. 여전히 아무 일도 일어나지 않았다. 그래도 매일 오후, 외출하기 위한 구실을 찾아냈다. 가브리엘과 수영장, 가브리엘과 심부름, 모든 걸 가브리엘과 함께, 아니, 불행히도 그렇지만은 않아서, 내가 귀가하고 난 뒤 저녁 6시 무렵에 나 없이 걔가 무얼 하는지 알고 있었다. 가끔 블라우스 속에 든 걔의 가슴 윤곽을 바라봤고, 그러면서 걔의 묵인 아래 상대방이 할 법한 몇몇 행동들을 떠올렸다. 이제 그 일의 시작을, 시작되기 전날의 얘기를 할 텐데, 그날에서 꼼짝도 하고 싶지 않다. 난 풀밭에서 노래하고 이야기를 나누는 일에 진력이 났다. 그 남자애들은 나보다 나이가 더 많으니 내가 어디에 발을 들여놓으려는지 알았을 테지만, 더 이상 내가 뭘 하고 싶은지는 알 수 없었다. 그런데 마침 그날 저녁, 어머니가 불편한 심기를 알리는 예의 그 표정을 하고 있었다. 대문의 페인트칠이 벗어져서였다. 누구야, 대체 누구야, 어째 괜찮은 거라고는 남아나질 않아, 정말이지. 그 일이 내게서 망설임을 몽땅 앗아 갔다. 쏘다니는 것으로만 그녀를 벌할 수 있을 듯한 느낌. 어머니, 아버지 사이에 앉아서 평온하게 두 다리 뻗고 식사하는 일이 완전 중요하다는 생각이 들지 않는다. 뒤로는 유년기가, 앞에는 풀밭을 따라 쭉 펼쳐진 오솔길이, 그리고 낡은 다리에 기대어 서 있는 나를 덮치는 남자의 얼굴이 어렴풋이 드러나려는 마당에. 아무것도, 수학에서 빵점을 맞더라도 중요하지 않음. 대입 고사라면 모를까, 그것도 그때가 되어야만 중요하다고 말할 수 있겠지. 어느 결에 마티외와, 사람들이 '너구리'라고 부르는 털투성이 껑다리 한 명만 남았다. 여자 강사들이라고 입맛이 병맛은 아니었으므로 가장 못생긴 남자가 내 몫이었다. 가브리엘이 그 남자에 대해서 뭐라고 지껄일지 난 이미 훤히 꿰고 있었다. 철로 다리까지 가 보자고 제안한 건 나였다. 볼만해. 오솔길이 펼쳐졌다. 저 끝에 이르렀을 때 난 어디쯤 있게 될까. 이제 다른 사람들 소리는 들리지 않았고, 옆을 보니 마티외가 있었다. 급작스러운 두려움. 물러서기가 불가능하다는 데서 비롯하는 그 두려움, 그걸 다시 느끼고 싶다. 이제 다 끝났어, 가브리엘, 딱하지만 할 수 없지, 각자도생인 거야. 물건처럼 남이 하자는 대로 스스로를 내맡기면 안 되는 모양이다. 그런데 남자들은 우리 등 뒤에서, 우리가 진짜 양말짝이라도 되는 양 이미 우리를 맞바꾼 상태였다. 그런 사실을, 그러니까, 내가 물건처럼 취급당해도 싸게 행동했음을 알려 준 장본인은 바로 마티외였지만, 어쨌든 그건 더 나중 일이다. 내게 그런 건 중요하지 않았다. 오히려 난 너구리에게 마음이 동하지 않았으니까, 그리고 처음엔 고객의 얼굴 표정까지 신경 쓰기에는 너무 정신이 없기 마련. 그 순간에 이르기까지의 유년기 전체가 타들어 가는 심지처럼 빠르게 스쳐 감. 이 순간을 그리도 꿈꿨더랬지, 알베르트, 어느 날 저녁, 개 방에서 불을 끄고 키스를 나눴더랬다. 곧 발견하게 될 것 앞에서 느꼈던 기대, 불안감, 그러나 발견한 것이라고는 나만큼 겁에 질린 그 애의 꼭 다문 차가운 입술뿐. 아무것도 없었음. 진짜라고 절대 착각할 수 없었던 단 한 번의 놀이. 그다음엔, 돌을 깔아 놓은 초등학교 운동장에서의 산책들. 그리고 중학교의 보리수 아래, 거기서는, 내 팔과 다를 게 없는, 휴식 시간에 팔짱을 껴 오는 여자애들의 팔에서 나를 벗어나게 해 줄 남자애들이 위대한 꿈처럼 등장했다. 내가 예쁘다고 여겼던 여자 선배들의 이름, 난 그 이름들을 세자린 거리의 담벼락에 적었는데, 개들은 열두 살, 난 일곱 살이었다. 임시 대용품, 늘 임시 대용품에 불과한 것들, 그렇지 않았더라면, 아마도 알베르트를 애무할 때 두렵지 않았을 테고 좋았겠지. 그리고 십 년 동안 줄곧 나눴던 그 모든 말. 우선, 손가락으로 살살 하는 거야, 그래야지 남자들에 대해서 더 많은 자유를 누리고 그것을 사용하기도 훨씬 쉽거든. 그다음, 끼워졌다고 느끼면, 납작한 나의 이미지는 사라지고 그 자리엔 우리가 볼 수조차 없는 우묵한 공간이 자리 잡아. 그다음엔 어떤 단계일까. 하지만 난 그 무엇 앞에서도 물러서지 않았고, 몸의 각 부분들로 이루어진 퍼즐 전체를 끈기 있게, 그것들의 사용법을 익힐 때까지 맞춰 나갔다. 난 오랫동안 채우지 못한 빈칸들을 지니고 있었지만, 다행스럽게도 알베르트가 『의학 사전』보다 더 명확한 수수께끼 보따리를 갖고 있어서, 이봐 친구, 프랑스에서 제일로 쪼끄만 역, 단 한 명의 여행객만이 거기로 들어가지, 멍청이들은 밖에 있고, 빨랑 맞혀 봐. 미래는 커다란 침대였고, 거기서는 아주 다정한 남자들 밑에 누워서 계속 몸을 섞었다. 이제 그 모든 기억들을 벅벅 지워 버리고, 머릿속에 우글대던 상상을, 살짝 성가신 여자 친구들의 세계를, 알베르트를, 십 년 세월을, 그 연장 보관 창고를 떠나려는 참이었다. 그리고 늘 내 손으로 하던 일도. 난 마티외와 사귀는 거였지만, 소설이나 책에 나와 있듯이 입술과 팔을 제외하면 그 어떤 예상도 못 했다. 꿈꾸던 모든 것이 달아나 버리고, 그 대신, 남자애의 거칠거칠한 진짜 살갗, 어깨에 거치적거리던 그의 손목시계, 냄새. 진짜 현실, 그건 오싹하다. 난 무엇을 해야 할지 몰랐는데, 그 말에 내포된 온갖 의미로 그랬다. 난 진짜 혼자였고, 알베르트, 그 꺽다리와 함께 사라진 가브리엘, 걔들이 내게 전부 다 가르쳐 줬는데, 이제 여기 나만, 숨소리만 남아 있었다. 아마도 처음엔 누구라도 구경꾼이 되나 보다. 왜 남자애들의 거칠음, 부드러움의 결여를 끝내 예상하지 못했을까. 내가 뀄던 모든 꿈들은 말랑거렸더랬는데. 그가 너무 세게 날 껴안았다. 이건 그 어떤 것과도, 어머니가 읽는 잡지에 실린 소설들과도 들어맞지 않았다. 거기 나오는 남녀는 서로 열정적으로 껴안았으니까. 그리고 어느 해설서에 실린 시와도. 어느 저녁, 기억나지 그대, 우리 말없이 노 저어 갔지.[3] 사촌 다니엘, 그리고 6월 말에 눈여겨봤던 중학교의 보조 교사가 생각났다. 단번에 모든 남자들이 훅, 비록 한 사람의 입술과 손이 지금 내가 걸친 원피스의 끈에 닿았지만. 난 그들과 얽힌 그 엄청난 비밀을 드디어 손에 쥐었다. 나이가 많든 적든 모든 남자들, 젊은 남자, 늙은 남자 그리고 나 역시 한데 어우러져서 빙글빙글. 비밀치고는 살짝 단순하달까. 그날 오후부터 내가 어른 축에 낀다고 느꼈다. 그런데

3 알퐁스 드 라마르틴의 시, 「호수」의 한 구절이다.

이 순간의 안, 나를 누가 말해 주고 누가 기억하지, 그런 것들은 나중에야 말해질 수 있을 텐데, 오늘의 안, 그건 아무것도 아닌 존재. 계속하자. 안경을 쓰지 않았으므로 흐릿해 보이는 오솔길 가장자리의 나무 그루터기에 앉아서 우리는 이야기를 나누기 시작했는데, 우리가 방금 함께한 행위에 대해서가 아니라 그가 느끼는 행복감, 방학, 방학 캠프, 내 살갗, 잘라서는 안 되는 나무들, 그리고 가브리엘에 대해서. 이 문제는 나의 관심사였고, 그는 가브리엘을 어떻게 생각할까. 그러면서 그는 나를 애무했는데 가슴을 살짝 만지는 정도였다. 난 이런 식으로, 그러니까 아무 연관 없는 것들을, 진지한 것과 쓸데없는 것들 사이를 그다지도 자유롭게 오가며 말할 수 있음을 생각조차 못 해 볼 뻔했다. 속마음을 털어놓고 진정한 대화를 나누자면 서로를 껴안고 서로를 만지는 것에서부터 시작해야지, 그 반대로 가서는 안 된다는 점을 똑똑히 알았다. 그가 주로 자신의 얘기를 하고 난 입을 다물었는데, 그건 그가 나보다 나이도 많고, 대입 자격이라든가 그 밖의 이런저런 다른 것들을 가지고 있어서였으며, 처음으로 키스를 허용한 상대여서도 그랬다. 가브리엘에게서 그를 훔쳤다는 것만으로도 이미 근사했다. 그의 새파란 두 눈과 긴 금발, 가끔은 《팜 도주르디》에 실리는 소설들을 현실에서 만나기도 했다. 어머니가 지금 내 모습을 본다면, 난 외쳤는데, 알베르트와 함께 웃으면서 입술에 손가락을 갖다 대며 그런 말을 속삭였었다. 하지만 이번엔 차라리 승리의 외침에 가까웠다. 무엇보다도, 안됐지만 그녀는, 그즈음 프티트 비테스에서 서빙을 하고 있었으므로 감시당할 위험이 없었고, 따라서 그건 내가 대담하게 질렀음을 보여 주는, 그녀에게 엿 먹으라고 말하는, 요컨대, 경탄의 함성이랄까. 그가, 어머니를 그런 일에 끌어들이다니 어린애 같다고 말했다. 그리고 나는 자유로운 존재며, 유일한 당사자라는 말도. 그가 내 등 뒤의 원피스 단추를 풀려고 들었다. 그는, 바로 '자유롭다'는 말을 썼지만, 내 생각에 그건 훨씬 뒤에야, 아마도 열여덟이 되어야만 내게 적용될 수 있을 것 같았다. 마티외, 그는 이해하지 못했다. 만약 내가 저녁에 집에 돌아가서 뾰루퉁하게, 저녁을 먹은 뒤 외출할 거야, 몇 시에 들어올지는 나도 몰라, 열쇠 줘요, 이러면 두 사람의 표정은 어떨까. 진정한 자유, 그건 아버지가 말하듯 아직 벌이가 없는, 대놓고 말은 않지만 보나 마나 그들에게 그것은 돈벌이를 의미할 수밖에 없을 텐데, 아직 제 앞가림 못 하는 열다섯 살 반 먹은 애에게는 그의 주장처럼 그리 간단하지 않았다. 아이들의 낮잠 시간이 끝나 가고 있었으므로 가브리엘과 그의 짝을 데리고 돌아가야 했다. 그가 나무에 기대어 있는 나를 온몸으로 눌러 왔고, 난 단번에 더 이상 구경꾼이 아니었다. 마치 육체가 달아오르는 것 같았다. 외설적 의미를 갖기에 사용하기를 꺼리는 말들, 팽팽해지다, 문대다처럼 이중적 의미를 가지는 말들이 내 안으로 들어왔지만, 이제 그 말들이 창피하지 않았다. 나중에 가브리엘을 상대로 이야기할 때 그 말들이 다시 부끄러워졌지만, 대체할 수 있는 다른 말들은 많지 않았다. 가브리엘은 당장에 샐쭉해져서 딱 한마디 날렸다. 바람둥이들, 그따위 놈들이야 좋다는 여자가 가져야지. 그래서 걔 집에 도착할 때까지 말 한마디 붙이지 않았다. 외출하자면 걔가 필요하므로 관계를 끊지는 않았다. 부모들은 그런 줄 꿈에도 모르겠지만, 그들 때문에 어쩔 수 없이 하는 일들이 있다. 그런 일을 하고 난 뒤의 첫 귀가. 평이하게 행동하기, 다른 날과 마찬가지로 정원 철책문을 열고, 오늘 하루가 몇 년 전 아이 적 갔던 그렇고 그런 파티와 다를 바 없다는 듯이 행동하기란 정말이지 불가능하다. 그가 말했다, 안, 이라고. 스스로에게 되뇌었다, 안, 가장 아름다운 것, 그건 늘 이미 읽었거나 본 것들로 이끄는데, 어떤 목소리가 부르던 안, 어쩌면 영화였다. 다시 부모와 마주 봐야 했고, 어머니가 소스를 만들다가 고개를 들었다. 다른 곳에서, 친구 집에서라도 며칠 잘 수 있어서 그 모든 일을 감춰야만 하는 상황이 아니었더라면 좋았을 텐데. 왜 늘 집으로 돌아가야 하지, 초등학교 저학년 때 학교를 마치고 집으로 돌아가던 어느 날, 그런 의문이 들었다. 왜 다른 곳이 아니라 집으로 돌아가야 하지, 왜 다른 가족이 아니라 이 가족일까. 움직이는 내 두 발, 보도, 세자린 거리의 주택들. 개나 닭은 집을 틀리는 법이 없는데, 우리도 그들처럼 해야 되기 때문일까? 그래도 왜 나와 그들일까, 다른 부모가 아니라 나의 부모일까. 그때까지 나는 출산이니, 피니, 젖이니 하는 걸 알지 못했고, 그 뒤로는 그 모든 이유로 그런 질문이 쏙 들어가 버렸다. 이제 그 질문이 되돌아왔다. 내가 그들에게 다 말할 수 있었다면 그런 이상한 생각 따위는 하지 않았겠지. 아버지는 《파리 노르망디》를 읽고 있었다. 후다닥 내 방으로 올라가서 오늘 있었던 일 전부를 돌아보았다. 이제는 가브리엘과 나눠 가지기란 불가능, 오로지 상상 속에서만 남자애를 둘로 나눠 갖는 거지, 넌 위쪽, 난 아래쪽, 안 그래, 알베르트. 저녁 식탁에서 어머니는 많이 먹었고 계속 구시렁댔다. 아이고 다리야, 다리야. 휴가 중인 아버지를 엿 먹이려는 거였다. 어머니 뺨의 주름이 보였다. 마흔여덟 살인 어머니가 내 눈에 적잖이 늙어 보였다. 외할머니가 돌아가셨으므로 어머니는 아직 분칠을 피했다. 그녀와 난 입맞춤을 안 한 지 오래됐다. 설령 하더라도 그저 좋아서라기보다는 한참 떨어져 지내야 할 때나 도리상 그러는데, 그런 일마저 거의 일어나지 않았다. 그녀에게 입을 맞춘 건 아마도 삼 년 전이리라. 다른 무언가도 그녀와 나 사이에서 끝나 가고 있었다. 어떻게 그녀에게 말하겠는가, 상상도 못 할 일. 공장에서 일할 때에도 착실했노라고 자랑하는 사람인데, 난 도덕관념이 있는 사람이야, 사람들이 나를 손 놓고 앉아서 빈둥거리는 년이라 불렀다면 싫었을 거라고, 그녀가 그런 이야기를 늘어놓으면, 난 그런 정경을 떠올리기만 해도 웃음이 터졌다. 옷을 벗다가 원피스에 점점이 풀물이 들었음을 발견했고, 그들에게 들켰더라면 얼마나 진땀을 흘렸을까, 아무런 티가 나

지 않도록 조심하고, 집 백 미터 앞에서부터 안경을 써야
겠다.

　가브리엘과 난, 다시 친구. 그래야만 했는데, 걔 역시
르 푸엥 뒤 주르로 빠져나가려면 알리바이가 필요했다. 네
가 저녁에도 나올 수 있다면, 마티외가 요구했지만, 말도
안 돼, 허겁지겁 볼일을 봐야 했다. 대화와 가벼운 애무로
이삼일을 보내고 나서 어느 날 오후, 철로 다리까지 갔다.
알베르트랑 이야기할 때는 철로 아래라고 불렀던 그곳. 그
아래에는 온통 풀밭이고, 돌 색깔과 흡사한 딱딱한 달팽이
들이 잔뜩 있는데, 기차가 지나가더라도 용감하게 버티고
있노라면 세상이 무너지는 듯한 곳. 알베르트가 말하길,
거기엔 또라이들만 돌아다녀, 그리고 총을 든 벙어리 한
명과 감금해 둬야 하는 정신병자 한 명도, 그날은 벙어리
도 못 만났고, 기차도 지나가지 않았다. 마티외와 함께 다
리 밑을 지나서 환한 귀리밭으로 빠져나갔다. 그저 오래
멈춰 서 있지 않도록 멈췄다가도 다시 걸었는데, 한군데
자리 잡고 앉아서 길게 머물기가 무서웠다. 하지만 그곳은
들판. 그렇게 성급히 상대방에게 날 내맡겼어야 했는지는
모르겠다. 난 단 한 번도 규범을 제대로 익혔던 적이 없었

다. 적어도 내 경우에 도덕, 그런 건 현장에서 몸으로 부딪쳐 가며 배우는 것이다. 부모가 가르쳐 준 것이 아무것도 없었으니 그럴 수밖에. 어쩌면 다른 여자애들은 더 많은 행운을 누려서, 어느 날 연애를 하고 섹스를 할지, 어떤 나이대의 어떤 타입을 고를지 스스로 결정할지도 모른다. 바로 그게 내게는 없었다. 그런데 그런 차이는 어디서 오는 걸까. 마티외는 모든 게 자연스러운 일이라고 말했다. 안과에 비치된 잡지에서 본 광고가 떠올랐다. 썸남의 악몽을 없애 주는 롤라 브래지어, 앞쪽으로 열리는 브래지어. 그런데 그 일이 그렇게 자연스럽지는 않았다. 방학 캠프에 참가한 꼬맹이들 때문에 늘 시간을 다퉈야 해서, 겨우 반 시간이 남았을 뿐이었다. 그가 내 손을 잡았을 때의 당황스러움, 그것이 내 손에서 너무 생생하게 느껴졌다. 공중변소가 떠올랐다. 여기저기 나름의 서명들로 뒤덮인 그곳, 티티, 섹스광, 베베르, 노출광. 성당의 봉헌물 같지만 죽은 건 아니고 각각 우위를 따지기 어려울 정도로 우뚝 솟은 그것들의 생생함. 우연히 변소에 들어온 여자애들을 상대로 인사를 건네는 하나의 방식이었는데, 그런 거대한 상형문자들과 마주하면 오줌이 나오지 않았다. 전부 다 섹스광들. 그건 멀리서 볼 때의 의견이고 가까이서 보니, 마티외, 그는 섹스광으로 여겨지지 않았는데, 그저 세상의 무엇을 준다 해도 바라보지 않았을 그것, 그날 결국 내가 엉터리로 상상해 오던 그것의 실제 크기를 알아보는 일을 받아들였다. 엄마, 처녀성이 뭔가요. 난 그게 특히 이 거대한 물건에 대한 두려움임을 즉각 알아차렸다. 그 물건을 보고 만진 끝에 마침내 길들일 때까지는, 전부 다 두려워해야 하리라고 생각했다. 아직도 너무 작고 연약하게 느껴지는 그 속이 이 괴물 같은 "그것"에 의해 꿰뚫리고 짓눌린다는 상상을 더는 안 하게 될 때까지. 만지지 마라, 그러다가 상처 난다, 잠지, 그건 소중한 거야. 그런데 그 물건은 예전에 신발 장수가 줬던 멍청이 같은 풍선처럼 벌써 내 손안에서 줄어들었다. 그래서 살짝 마음을 놓았다. 난 가브리엘에게 사랑에 빠졌다고 말했는데, 걔가 방금 내게 너구리와 사귀는 게 좋다고 고백했기 때문이었다. 하나 받으면 하나 주기. 첫 주가 끝나 갈 무렵, 한번은 마티외가 얼굴 가득 머리카락을 흩트린 채로 아주 진지하게 묻기를, 여자애들의 자위라는 게 이런 거지? 누군가 내게 그런 질문을 할 수 있다는 데 깜짝 놀랐다. 사실 우리가 한창 하고 있는 일이 그 짓이긴 했지만 그런 단어가 적절해 보이지는 않았는데, 살짝 공중변소 느낌마저 났다. 그러더니 마티외가, 여자애랑 함께 그 안을 한 번도 헤집어 본 적 없다는 말은 하지 마, 너네 여자들 모두는 조금씩 다 레즈잖아. 그런 단어를 그때 처음 들었는데, 물론 그 말뜻이야 이해했지만 그런 말을 듣노라니 정말 언짢아서 울적해졌다. 그럴 바에야 아예 명명하지 말든가, 아니면 새로운 말을 만들어 내는 편이 더 낫지 않을까. 어쩌면 남자들은 상상력이 부족해서 그렇게 세대를 이어 가며 똑같은 단어들을 되풀이하나 보다. 알베르트와 나, 우린 수많은 은어를 가지고 있었는데, 남자 것을 가리킬 때엔 자순이, 좆선이를 사용했고, 우리 것은 잠지 혹은 "그놈"을 사용하면서, 그렇게 남성과 여성을 바꾸어 지칭했다. 알베르트와 함께 있으면 놀이가 얼마나 풍부했던지. 전에도 후에도, 마티외에게 왜 내가 단 한 번도 레즈인 적이 없었는지를 설명하지 못했다. 여자랑 있을 때엔, 심지어 연장 보관 창고에 단둘만 있을 때에도 극심한 불안을 느낀 적이 전혀 없었으니, 변별점이라면 바로 그런 불안이다. 내게 여전히 가장 지저분한 언어로 남아 있는 그런 말들을 내뱉었던 그를 경계했어야 했는데. 또 다른 어느 날, 아버지는 노동자지만 지금은 감독이 됐으니 완전 노동자는 아니고, 어머니 역시 노동자였지만 몇 해 전부터 그저 프티트 비테스에서 서빙하고 있을 뿐이며, 곧 그 일마저 할 필요가 없어지리라고 확 털어놓아 버렸다. 내겐 그런 사실이 약간 거북했기 때문이다. 물론 그가 부자들을 혐오한다는 사실을 이미 알았지만 말이다. 그가 묘한 미소를 지었다. 그러더니 나로서는 생전 처음 듣는, 복잡하고도 엄청난 요설을 늘어놓기 시작했다. 그는 그걸 소외라고 불렀는데, 그 단어를 처음 듣고서는 양로원과 미친 사람들을 합해 놓은 말인 줄 알았다. 그러니까 나의 부모는 소외된 사람들이고, 따라서 그들은 당연히 그 사실을 몰랐다. 그들만 그런 게 아니고 그런 사람들이 엄청 많다니, 그런 점에서는 안심이 되었지만, 그런 점을 잘 생각해 봤어야 하는 애가 그러지 않았다며 나를 멍청이 취급했다. 여러 가지를 배우고 있었으므로 화가 나진 않았는데, 그런 경우에 난, 늘 입꾹닫이었다. 마티외, 그가 인내심을 발휘해서 다시 설명하기를, 너네 부모는 말이야, 빚은 내고 산 것일지라도 집을 소유하는 데에 만족해, 그래서 권력을, 책임 있는 자리를 원하지 않고 자유롭기를 원하지 않지.

아버지가 그런 것들을, 책임 있는 자리라든가 심지어 자유까지도 진정 다 원하는지 확신이 서지 않는다고 대놓고 말하지는 못했다. 그들이 날 계속 공부시키는 이유는, 자신들보다 내가 더 잘 살고 더 많은 돈을 벌라는 것이지 자유를 위해서가 아니다. 그들을 변하게 하려면 무엇을 해야할까. 마티외, 그는 논리적으로 설명하는 데에 제법 뛰어났다. 먹고살아야 하니까 일을 해야 해, 우리는 단번에 자유로워질 수 있을 만큼 잘 교육받은 것도, 돈이 있는 것도 아니니까, 그러지 않으면 떠돌이 신세가 될걸. 난 마치 부모처럼 대꾸했는데, 다른 말이 전혀 떠오르지 않았다. 내사촌 다니엘, 골 때리는 인간, 실패작. 마티외는 매일 그랬던 것과 달리, 논의에 빠져서 진한 애무를 잊어버렸다. 사회 변혁을 위해서 투쟁해야 해. 나 역시 혁명이라는 발상을 좋아하고, 서서히 불태워 죽인 잔 다르크 이야기와 더불어, 역사에서 유일하게 흥미를 느끼는 시기이기도 하다. 하지만 정체(政體), 그게 어디에 소용이 되는지는 모르겠다. 어려서는 세상의 종말을 꿈꾸었고, 진열대에 전시된 것들 전부, 특히 케이크와 초콜릿을 싹 다 약탈하고, 칼베르 거리의 가구점들에 전시된 아름다운 침실에서 잠자기를 꿈꿨다. 어머니가 1940년대의 전쟁 통에 사람들이, 불량배가 아니라 우리 같은 일반 사람들이 상점을 약탈했다는 이야기를 해 주면 입을 헤벌리고 들었다. 아버지는, 전쟁이 나면 사람들은 도덕관념을 몽땅 잃는단다, 말을 보탰다. 나도 도덕관념을 좀 잃어 봤으면 좋았으련만. 하지만 장바구니가 터지게 물건을 담는다든가, 아름다운 침실이라든가, 혹은 햇볕을 받으며 즐기는 유급 휴가 같은 것, 여전히 그런 것은 행복 같지 않았다. 마티외가 끈질기게 주장을 폈다. 나로서도 자유가 무엇을 닮았는지 모르면서 진정한 자유를 머릿속에 그려 보기란 어려웠다. 사랑, 귀리밭, 이제는 존재하는 것 같지도 않은 부모와 학교로부터 멀리 떨어진 이곳, 그래, 드디어 이해됐다. 사랑을 해 봐야지 너도, 처녀를 고수하는 건 뭔가 정상이 아니야, 너도 알잖아. 난 한 글자도 잊지 않았다. 그 말들은 계속 내 머릿속에서 맴돌았고, 이제 그 말들을 떨쳐 내지 못하리라. 그 말이 내 가족의 말을 박살 내기 시작했다. 교사들이 하는 말, 그런 건 어쨌든 그다지 믿지 않으니까 가족의 말이야말로 오로지 그에게 맞설 수 있는 말이었다. 마티외의 말에 귀 기울이는 것이 좋았다. 내 평생에서 가장 아름다운 8월의 두 주간이었다. 푸엥 뒤 주르의 방학 캠프에 가지 않고 집에 죽치고 있을 때조차 그랬는데, 머릿속으로 연신 이런저런 질문들을 떠올렸기 때문이다. 자신들의 삶이 실패한 줄도 모른 채 자동차를 타고 슈퍼마켓으로 향하는 그 수많은 사람들. 그런 사실을 아는 내가 그들 모두보다 더 우월하게 여겨졌고, 지금 당장이야 정원에서 수확한 껍질콩, 그 보들보들한 껍질콩에 소스를 끼얹는 부모의 모습을 보고 있지만, 장래를 생각하면 그건 커다란 행운 같았다. 아버지가 식사를 마치고, 이것 역시 우리에게서 빼앗아 갈 수 없는 것 중 하나지, 즐겨 하는 그 말을 내뱉더니 몸을 쭉 폈다. 그들은 모르겠지만, 사실 착취당하고 있고 불행하다는 사실을 어떻게 그들로 하여금 느끼게 할 수 있을까, 도무지 길이 보이지 않았다. 마티외, 그는 날 붙잡고 서민 대중에 관한 이야기를 한참 늘어놨더랬지만, 저녁에 티브이 앞에 앉아 있노라니 그의 이야기에 그다지 현실감은 없었다. 두 사람은 구체적인 개개인인데 대중은 추상적이었다. 전부 다 탈취하기, 때려 부수기, 태양으로 얼룩진 뺨, 치켜든 주먹, 근사한 적색 이미지이지만 부모를 보노라면 전혀 들어맞지 않았다. 우선 그들은 절대 그 누구에게든, 그 무엇이든, 요구하려고 든 적이 없다. 그들은 허가가 필요할 때면 옷을 갖춰 입고서 공손하게 말한다. 어쩌면 그래서 당하는 거겠지. 아버지는 정량을 넘기는 법 없이 정확하게 재서 싸구려 포도주 한 잔을 따라 마시곤 했다. 그들의 소외 탓에 불행한 사람은 나였다. 그랬다. 그들은 티브이로 마술 나부랭이나 보고 있었는데, 얼뜨기들이 줄지어 나와서 버벅대며 대답했고, 프로그램 진행자는 아무것도 이해하지 못한 척 우아한 표정으로, 무슨 말씀이시죠, 다시 한번 말씀해 보시겠어요. 얼뜨기들은 티브이에 나왔음이 자랑스러워서 진행자가 자신들을 대놓고 놀리고 있음을 알아차리지 못했다. 내가 한마디, 이 프로 거지 같아. 귀찮게 좀 하지 마라, 뭔가 보긴 봐야 할 거 아냐. 저 마술사가 사람들을 멍청이 취급하잖아. 그 사람들더러 안됐다고 할 것 없다, 자기네가 원해서 나갔는데 뭐, 우리 같으면 나오라고 해도 안 갈 거 아니니. 아랑곳없이 내 생각을 말해 보려고 애써 봤지만 이제 두 사람은 아예 내 말을 듣지 않았고, 그만해, 내용 따라가는 데 방해되잖니. 그들은 너무 오래도록 나의 부모였으므로, 결코 그들의 정치관을 내가 다시 교육할 수는 없으리라. 내 입장이라면 마티외는 뭐라고 대꾸했을까. 하지만 이 두 사람은 그의 부모가 아니잖나. 줄 곧 바깥에 나가 있을 수 있었다면, 오후에 가브리엘이 자 전거를 타고 나를 데리러 올 때까지 오전 내내 바깥을 돌 아다닐 수 있었다면 좋았을 텐데. 의심을 사지 않고 외출 하고자 가능한 온갖 심부름을 했는데, 외출을 위한 외출, 그건 너무 수상쩍으니까. 한참 뜸 들이다가 내게 인사를 돌려주는 동네 아줌마들에게 인사하는 일도 그만둬 버렸 는데, 여편네들 엿이나 먹어라, 목구멍에 걸려서 제대로 나오지도 않는 어정쩡한 인사말을 중얼거리기보다는 훨 씬 쉽다. 내가 자전거를 타고 출발할 때 정원에서 뭔가를 만들던 아버지는 아무 생각도 없었다. 머릿속으로 그런 걸 떠올리는 아버지들은 보나 마나 개자식들일 터다, 자기 딸 과 함께 다니는 사내 녀석의 자리에 자신을 놓아 보니까. 그리고 촉각을 바싹 곤두세운 어머니, 그녀는 아무런 눈치 도 채지 못했다. 어머니는 꼭 혼자서만 내 잠지를 씻겨 줬 고, 누가 만지지 못하게 해야 해, 안, 혹시 누가 그러거든 나한테 말해라. 만지면 안 된다니, 뭘 그런 농담을. 나쁜 건 만지는 게 아니라 쾌락이다. 그런 것이야 금방 알아차리기 마련. 만지되 쾌락은 느끼지 말아야 한다는 소리. 알베르트가 말하길, 자기 어머니가 여자들은 절대 그걸 좋아하지 않는다고 했단다. 시소에 앉아 있던 난 정상이 아닐망정 좋아하리라고 다짐했다. 출발부터 아주 끝내줬으니, 만지기는 쾌락이었다. 약아빠진 엄마, 내가 고작 다섯 살이었을 때부터 낌새를 알아챘다니. 그날 오후 나는 자전거를 타고 출발했는데, 8월 14일이었다. 늘 달력을 넘겨 보지만 거기엔 별 의미가 없다. 에버하르투스 성인의 축일, 일출 4시 44분, 일몰 19시 6분. 이제 오늘의 운세는 뒷전이고, 나만을 위한 무언가가 마련되어 있었다. 늘 그렇듯 자전거로 국도를 3킬로미터 정도 달렸다. 평소보다 더 이른 시간에, 가브리엘 없이. 1시에 부모가 르아브르로 떠났기 때문이었는데, 휴가, 이런 좋은 기회는 개나 주라고 있는 게 아니야. 때마침 마티외가 쉬는 날이기도 했다. 그가 오토바이나 일정 따위를 전부 혼자 알아서 준비해야 했다. 내가 그의 의도를 짐작했는지, 그러니까 어쩌면 미리 응낙한 셈이었는지를 말하기란 쉽지 않다. 그렇다면 나의 잘못이니까. 아버지가 이런 말을 했더랬다, 남자는 제안하고 여자는 결심한다. 그리고 나중에 가면, 마티외, 그가 꾀바른 표정으로 이렇게 말하리라, 여자는 자신을 내주고 남자는 응한다. 그 표현 역시 적합하지 않고 이해도 안 된다. 난 여기 오롯이 존재하고, 여전히 배가 고프고, 오줌을 누고, 잠을 자며, 벌거벗은 나의 모습을 바라본다. 난 아무것도 주지 않았고 그는 내게서 그다지 대단한 걸 가져가지 못했는데, 그 일은 너무나 어설프게 이루어졌다. 문제는 거기 있지 않다. 전 과정을 끝까지 가 보려는 것이 아니라면 손끝으로일지언정 서로를 만지기 시작해서는 안 된다. 이 확실한 깨달음을 제외하면, 그날이 무슨 의미를 지니는지 모르겠다. 그때까지 오토바이를 타 본 적이 없었다. 바람, 헬멧, 그걸 쓰고 있으니 그 누구도 내 모습을 알아보지 못했을 테지, 몸은 날아갈 듯 가벼운데 머리는 묵직하고 커다래진 느낌이었다. 죽을까 봐 겁이 났는데, 그러면 부모가 말하겠지. 빌레로즈로 향하는 국도에서 애가 대체 뭘 하고 있었지. 부모는 아무것도 알지 못했으니까 얼마든지 그럴 수 있다. 혹은 고장이라도 난다면, 밤늦게 귀가할 테고 잔소리는 빗발치리라. 도로가 검푸르게 보였다. 한 달이 넘도록 비 한 방울 내리지 않았는데, 이 또한 나의 저항 수위를 낮춘 원인이기도 했다. 몸뚱어리가 주변 공기에 녹아들어서 가까스로 그 몸이 나의 것인가 보다 싶을 정도였다. 바닷가에 늘어선 지붕들이 보였고 양옆으로 탁 트인 절벽이 나타났다. 지금까지는 여름철 일요일이면 늘 부모님과 함께 빌레로즈에 왔었고, 해변에 앉아서 삶은 달걀을 먹은 뒤 아버지는 타월을 덮고 잤다. 가끔은 사촌들, 다니엘도 함께. 그리고 어머니는 내가 절벽 발치에 엉거주춤 앉아서 오줌을 누는 동안 날 가려 줬다. 우리는 오토바이를 타고 해변까지 천천히 내려갔고, 헤엄을 쳤고, 난 그가 수영복 차림인 동안 지나치게 그의 몸 구석구석을 살피지 않으려고 의식했지만 어쩔 수 없이 자꾸 눈길이 갔다. 왜냐하면 사람들이 보는 앞에서 우리 둘 다 거의 벌거벗다시피 한 상태가 야릇하게 여겨져서였다. 우리는 상당히 일찍 떠나왔는데, 그가 일광욕이라든가 카지노, 도박장 등 유흥지 분위기를 싫어한 탓이었다. 하지만 거기에서 중학교 때 알고 지냈던 여자애들을 만났더라면 기뻤으리라. 우리는 도로변에 있는 싸구려 카페 에리쿠르에 들러 음료를 한 잔 마셨다. 그곳에 있던 남자들은 외설적인 농담을 하면서 뻔뻔한 눈길로 우리를 훑어 대더니, 대놓고 우리에게 말을 건넸다. 이봐, 친구, 벌써 딱지를 뗐기 바라네, 나 한창때에는, 그 일에 있어서 두려울 자가 없었는데. 그 사람들은 금방이라도 웃음이 터질 듯한 표정이었다. 한 명은 말도 못했고, 다른 하나는 한층 흥분해서, 내가 자네 여자 친구를 더 잘 꾈 수 있을 텐데. 마티외는 그걸 유쾌하고 자연스럽다고 여겼다. 그들 말을 듣고 있으니 우습게도, 우리 둘이서 이미 그 짓을 한 느낌이 들었고, 이제는 나이 든 개자식들, 변태들이란 존재하지 않는 것 같았다. 나와 알베르트에게 우리 눈에 입맞춤하고 싶다고 말했던 그 늙은 또라이마저도. 갑자기 카페 안의 모두가 "그것"에 푹 젖어 들기 시작했는데, 늙었든 못생겼든 마찬가지였고, 카페 테이블을 하나 차지하고서 강낭콩 껍질을 벗기던 여자도 다를 바가 없었다. 나의 부모도 똑같겠지만, 난 여전히 그런 말들이 내키지 않는다. 코카콜라는 미지근했다. 6시까지 돌아가야 했다. 한 시간 반이 남았다. 이후의 과정이 무엇일지 알고 있었으니, 할래 말래, 둘 사이에 늘 있는 밀당. 오토바이는 고장 나지 않았고 나도 오토바이에서 떨어지지 않았으며, 빨간 원피스에 풀물이, 풀물을 제거하기란 정말 힘드니까, 들지 않게 주의했고, 젖은 수영복은 둘둘 말아서 비닐백에 넣어 뒀다. 돌아가는 길에 나일론 팬티를 보니 그저 묽은 피가 묻어 있었다. 그것도 다른 것처럼 아주 감미로우리라 상상해 왔는데, 그건 단도(短刀)였다. 어디선가 그런 표현을 읽었는데, 그와 관련한 묘사들은 늘 내 관심거리였으니까, 내가 읽은 책 중 그것에 관해 이야기하는 책들이라면 빠짐없이 다 말해 줄 수 있을 정도다. 한 시간 동안 난 눈물이 그렁그렁해서 이를 악물었고, 마취를 꿈꿨으며, 나도 모르는 그 무엇을 상대로 싸우려니, 모욕적이었다. 어쩌면 몸이 달아오를 때까지 충분히 기다리지 않았고, 여전히 그것, 거대한 그것을 두려워했을 수도 있다. 하마터면 물러설 뻔했다, 아니 다음번에, 내가 충분히 준비되면. 스스로 우스꽝스럽게 여겨졌는데, 그가 투덜대면서 나더러 완전 망했다나, 나를 여기 두고 가 버릴 참이란다. 물론 웃자고 한 말이라지만, 정말 장난인지는 확실하지 않았다. 알베르트, 첫 경험은 바다에서, 물속에서, 특히 바다에서 하면 좋겠어, 내 안에서 벌어지는 그 일을 목격하지 않게, 느끼지도 못하는 사이에 미끄러져 들어오게. 그가 성공하자 급작스러운 빈 공간. 늘, 내 안에서 그 일이 어떻게 벌어질지 궁금했었는데. 아무것도 없음. 그 터널이 어디서 끝나는지조차 알지 못했다. 내 귀를 뚫어 주고 싶어 했던 어머니와 한사코 거부했던 나. 의료 행위. 고통으로 비명을 지르고 싶은데, 그게 좋은지 아닌지를 말할 수 있으려면 변태여야 한다. 그런 종류의 질문은 떠오르지 않기 마련. 그의 성기를 환할 때, 대담하게 본 것은 그날이 처음이었는데, 하나의 권리처럼, 의사의 드릴을 관찰하듯, 그러고 싶은 생각이 들어서였다. 내 방 장롱 깊숙이 팬티를 넣어 두었다. 가끔 그것을 꺼내 본다. 그것은 달력의 8월 14일처럼 하나의 표식이다. 달력보다 훨씬 개인적이기는 하지만 이제는 낡은 속옷 특유의 톡 쏘는 냄새만 남아 있다. 그걸 하도 들여다봤기에 더는 그것이 무엇을 의미하는지 모르겠다. 그것은 이제 낡은 천 위에 남은 분홍색과 누르스름한 색이 뒤섞인 그림일 뿐이어서, 그것을 보노라면 외할머니 집에 걸려 있던 면포에 찍힌 예수 얼굴의 복제화가, 빛바랜 피가 잿빛으로 얼룩져서 무서움을 불러일으키던 그 물건이 생각났다. 난 마치 이전과 이후가 있었던 것처럼 굴고 있다. 엄마, 처녀성이 뭔가요. 그건 새도 아니고 뭣도 아니어서, 차이를 만드는 것은 찢긴 피부가 아니라 차라리, 그와 작별하고 자전거를 타고 갈 때, 그리고 저녁 7시에도 아직 부모가 돌아오지 않은 나 혼자인 집에서, 끊임없이 내 머릿속을 오갔던 수많은 생각들이리라. 난 이론적으로, 지금 죽어도 그만이라고 생각했다. 모든 걸 알았으니까. 이제 늘 그것과 더불어, 결국 알고 보니 아주 평범한 그 무엇과 더불어 살아가야 하리라. 그 일이 어떻게 이루어지는지를 다시 꿈꿀 일은 절대 없다. 끝. 지나갔다. 어떻게 사람들은 르아브르의 포르노 극장 앞으로 모여들 수있을까, 그런 포스터를 흘깃거리던 것은 이전 일이지 이제는 아니다. 난 침대 위에 있던 고양이를 집어 들었다. 고양이는 새끼를 뱄는데, 눈썰미가 남다른 아버지가 말해 줬다. 그 일은 어쨌든 제대로 이루어진 것 같지 않았다. 그렇게 우스꽝스럽고 고통스러운 그 모든 몸놀림만 없었어도, 그를, 마티외를 즉각 사랑했을 텐데. 땀투성이 그의 모습은 마음에 들었다. 변모가 일어났던 거기, 그곳을 아직 만지게 되지는 않았는데, 그가 떠나는 순간 원피스 위로 자기 손을 얹으며, 내 거야 이거, 말했다. 하지만 그건 그 누구의 것도 아니었던 듯하다. 난 여덟 살 때의 고분고분하고 무지한 잠지를 잃어버렸다. 어찌 됐든 웅크리고 있던 그 작은 짐승, 그게 무엇을 원하는지 우린 모른다. 그것을 처녀성이라고 부른다면, 과연 정확할까. 게다가 그 자리엔 아무것도 없었다. 어머닌 거기에 크루뉴뉴라는 이상한 이름을 붙인다. 명명할 수 없는 대상이라니, 쳇, 내 안에 그런 건 없었다. 그러고는 정말로, 그건 진정 부모와 관련 없는 일이라고 생각했고, 너무나도 갑작스럽게 이제 그들이 전혀 두렵지 않았다. 남자애의 팔을 잡고 떠나는 그 여자애들, 임신한 상태로 결혼하는 여자애들이 늘 눈에 선했고, 알베르트와 난 도대체 걔들이 어디서 그 짓을 할 수 있었는지 궁금해했다. 나도 했다. 자랑스러웠다. 이제 탐폰을 쓸 수 있겠다. 이야기를, 글을 쓰고 싶었지만 어디서부터 시작해야 할지 갈피를 잡지 못했다. 너무나도 멀리까지, 가브리엘, 중학교 졸업장, 심지어 그보다도 더 이전으로, 꿈으로 거슬러 올라가야 했기 때문이다. 가능한 한 가장 멀리까지 거슬러 올라갔다가 지금으로 내려오기. 하지만 이름은 바꾸어야겠지, 그게 더 적절할 테니, 그리고 단순 과거로 써야겠다, 그게 더 고상하니까, 그리고 다른 이름 뒤에 숨으면 전부 다 말할 수 있겠지. 근사한 이름을 찾아보았다. 첫 글자는 내 이름과 흡사하게 아리엘, 아리안, 아니아. 하지만 그런 근사한 이름을 붙여 주면, 그건 더 이상 내가 아니었고, 그날 밤에는, 다른 사람들의 이야기엔 아무런 흥미가 없었다. 그래서 글을 쓰기 시작하면 으레 만들어 내는 그런 문장들 중 하나를 끄적댔다. "여기서 떠나면 좋으련만," 그러고는 죽 그어 버렸는데, 그건 작문 과제로 진지하게 논할 만한 내용이 아니니까, 그렇다면. 나는 음반을 틀어 놓고, 제대로 듣지 않았다. 악기를 다룰 줄 알았다면 좋았을 텐데, 기타라든가, 하지만 부모는 결코 원하지 않았다. 그런 걸 배워서 어따 쓴다니 공부할 시간만 모자라겠지. 길이 막히는 바람에 두 사람은 저녁 8시에 돌아왔는데, 그러고는 그 이야기만 해 댔다. 두 사람은 녹초가, 정말 녹초가 되었다고 했다. 두 사람에게 화젯거리가 생겨서 만족스러웠다. 그다음 날, 8월 15일이면 늘 그랬듯 거하게 한 상 차려서 잔뜩 먹어야만 했는데, 나로서는 가브리엘 집으로 달려가서 걔에게 어제 일을 알리고 그를 다시 만나는 편이 더 나았으리라. 두 사람은 외삼촌 장을, 당연히 그의 아내와 딸을, 그러니까 이미 할머니 장례식에 왔었던 그 열두 살짜리 사촌 동생을 초대했다. 걔와 나는 둘 다 서로 할 말이 없었다, 걔는 아직 어린애니까. 그들 모두는 게걸스럽게 먹어 대는 수다스러운 얼간이들이었고, 난 식사가 한창임에도 다시 그 불안을 자아내는 구렁텅이에 빠졌다. 어쩌면 그들은 나도 세 시간 내내 의자에 엉덩이를 붙이고 앉아서, 슈퍼가 어쩌고저쩌고, 거기도 저기도 비싸지 않니, 안, 너는 어떻게 생각하니, 이 집 딸은 정말 말수가 없어! 따위를 대화랍시고 듣길 좋아한다고 생각했는지도 모른다. 그들처럼 오로지 먹고 마시기만 하고 더는 쏘다니지 말라니, 수면제 가족이다. 그들의 삶, 그건 됐고, 난 그들이 자꾸 늙어 가는 걸 막아 보고자 주변에 젊은 애들을 두려고 한다는 인상을 받았다. 사촌 여동생은 식탁에서 일어났다. 걔는 디저트가 나올 때 돌아오면 되었다. 나도 그렇게 할 수 있다면, 요구르트를 들고 방에 가서 먹거나 정원 구석에서 생각에 잠겼을 텐데. 예쁜 식탁보에 얼룩이 생겼고, 접시 가장자리에 닭고기 조각들이 남았다. 가족 식사 자리에 있는 동안 미치고 말 거다. 숨이 막혔다. 그들은 아무것도 보려고 하지 않았고, 나 또한 마티외나 다른 젊은이들과 마찬가지로, 삶은 그들이 숨기는 행위 속에 들어 있음을 알았다. 어느 날, 어머니가 웃으며 전날 결혼한 부부에게 말했다. 어서 가서 즐겨야지, 가난한 사람에겐 그게 커피보다 낫지 뭐. 우리 부모에게 그것은 후다닥 해치우는 일 혹은 대용품으로, 돈이나 풍족한 처지만 못한 거였다. 내겐 너무나 뻔한 사실이었다. 그녀는 혹시

내가 쏘다니다가 학업에 지장을 줄까 봐 걱정하는데, 모든 것이, 기대가 무너져 내릴까 봐 그런다. 어쩌면 방학 중이라 그랬을 수도 있지만, 난 고등학교에서 좋은 성적을 거두리라는 확신이 섰으므로 그 무엇도 무너지지 않을 테고, 오히려 섹스를 해 본 지금이야말로 근심 하나를 던 셈이다. 껍질콩 먹어라, 그건 먹어도 살이 찌지 않아. 그들에게 행복은 어디 있을까. 먹고, 또 먹고, 물건들을 사고, 저녁에는 티브이를 보거나 신문을 건성건성 읽고, 밤에 푹 자기. 마티외, 늘 그가 옳았나 보다, 그들은 머리끝까지 소외당한 사람들이었다. 그런데 만약 그들의 행복이 나라면. 그런 생각은 하지 않는 편이 나았다. 내게 불행이 일어난다는 그 말이 무엇을 의미하는지 정확히 알았는데, 그런 상상을 해 보는 것만으로도 충분했다. 그런 일이 벌어지면 두 사람은 슬픔으로 어쩔 줄 모를 테니, 내가 알아서 할 거야, 소리 소문도 없이 병원 물색, 얼마나 빠르게 단계를 건너뛰었는지, 제풀에 꺾였다. 식탁에 둘러앉은 사람들 모두에게서 너무 거리감이 느껴졌다. 바로 그날 식사 자리에서 《앵티미테》에서 읽었던 이야기를 떠올렸는데, 어머니가 좋아하는 체험담으로, 어떤 여자가 집을 나가서 지지리 고

생하다가 다시 돌아오고, 부모는 방에서 아기가 우는 소리를 듣고 용서한다. 그 이야기를 읽고 나서 몹시 당황했더랬다. 마티외랑 자는 것과 내가 교사 혹은 경영진의 비서가 되지 못하는 것 사이에 무슨 관계가 있지. 부모의 머릿속에선 늘 관계가 있다. 나도 내가 그들보다 더 잘된다면 기쁠 테고, 그들처럼 사는 것, 돌지 않고서야 그런 걸 원할 리가 있을까. 어머니가 대놓고 정색하며 말한 적은 절대 없지만, 노동자가 되는 인생이 별 볼 일 없음은 우리 사이에선 익히 아는 것이라, 가끔 나도 우리 집에 오는 사람들에게 그녀처럼 말하고 싶다. 집 꾸미는 일에 신경 쓰지 마세요. 출세하는 것, 어느 누가 그게 나쁘다고 말할 수 있을까. 이상도 하지. 부모 사이에, 가족들 틈에 잠시 끼어 앉아서 그들이 하는 말을 듣기만 해도, 늘 제대로 펴는 법 없이 앉아서 치마 밑단을 잔뜩 구긴 채로 부엌과 거실을 무거운 발걸음으로 오가는 어머니의 모습과, 내가 자랑스러워서 자꾸 무심코 내게 미소를 보내는 외삼촌 장의 얼굴을 보고 있기만 해도 충분하다. 그러고 있으면, 누가 옳은지 더는 모르겠고, 마티외가 했던 말과 그들이 하는 말, 모든 게 뒤죽박죽이 된다. 8월 15일, 그 일요일에 도저히 더는 식탁에 앉아 있기가 힘들었다. 다른 사람들 같으면 어떻게 할까, 일단 오솔길에 다녀온 뒤에는, 물론 딸기를 따러 가는 것 말고, 자기 식구에 대해서 삐딱할 수밖에 없는 것 같다. 에리쿠르 카페에서 만났던 늙수그레한 남자들이 어제 이 시각에 주절대던 모습, 그다음에는 그것, 또 그다음에는 내 아랫배에 생겨난 빈 공간이 떠올랐다. 그 모든 것들이 존재했지만 그것들 사이의 연관성은 내 눈에 보이지 않았는데, 연관성이 있더라도 그 누구든 가르쳐 준 적이 없었다. 자, 한 잔 더 해, 장, 8월 15일이 매일 오는 건 아니잖아, 그래, 요즘은 뭘 하니, 안, 재, 요샌 쉬고 있어, 그럼, 그래야지, 공부가 보통 피곤한가, 뭔가 이루고 싶으면 잘 쉬어야지. 저들은 어떤 안에 대해서 말하는 걸까. 저녁이 됐는데도 외삼촌과 외숙모는 여전히 머무르며 남은 음식을 함께 먹었는데, 마치 이제는 서로 헤어질 수 없다는 듯, 늘 그런다. 대화 다시, 그리고 이번에는 접시 위에서 식어 빠진 닭고기 조각 다시, 그리고 순진한 열두 살짜리 사촌 여동생, 아마도 내가 자신에게 이런저런 것들을 알려 주길 바랄 텐데, 탁탁, 난 나의 유년기에서, 따라서 다른 사람들의 유년기에서도 손 털었다. 그런 하루를 보내고 났으니, 난 가능한 한 빨리 다시 해 보기로 굳게 결심했다. 무엇보다 그때 쾌락을 느껴 보지 못했으니까.

　　다음 날, 가브리엘, 그 못된 년을 걔가 사는 임대 아파트 건물 아래, 햇볕에 달궈진 잔디밭 위에서 만났는데, 친구이기 때문에 걔가 짓는 그 삐죽거리는 표정과 "네 남자, 걔를 좀 더 오래, 마음 졸이며 기다리게 했어야지."라는 말을 참아 준다. 그런 소리를 들으니, 비록 의학적이고 기술적인 측면에 치우쳐서 덜 깊게 들어갔다지만, 걔에게 다 이야기해 주지 말걸 싶었다. 난 둘이서 같은 경험을 나눌 수 있도록 걔도 내게 되갚기를 기대했다. 걔는 내가 하면 자기도 한다고 이미 말했더랬다. "특별한 건 없어, 너구리하고 사귀어, 걔, 괜찮아, 너도 알잖아." 망할 년, 피하다니, 나쁜 년, 사이클 선수처럼 다리도 두꺼운 년이! 걔가 홀로 자신의 심술궂음을 곱씹어 보게끔 잔디밭에 버려 두고 갔다면, 내겐 함께 이야기를 나눌 사람이 더는 없었겠지. 우정에 관한 과제가 나오면 신뢰니 뭐니 하면서 늘 싹 지어냈다. 우정이 무엇인지 알고 싶다면 지금 여기 와서 쟤, 자기 얘기는 입 다문 채 나에 대해 전부 알게 되어서, 진정한 사랑을 겉핥기로나마 알게 되어서 기분 좋아하는 가브리엘을 보기만 하면 됐다. 어쩌면 셀린이, 아냐, 걔는 나랑 맘이 맞기엔 나만큼 충분히 생각이 비뚤어지지 않았다. 빠져나갈 길이 절대 없겠네. 알베르트뿐이었는데, 걔하고도 사실, 사촌 다니엘이 뛰어가서 걔의 발을 걸었던 어느 오후에 몽땅 망가질 뻔했다. 알베르트가 넘어졌고, 다니엘은 걔를 일으켜 세우겠다며 두 손을 부채꼴처럼 쫙 펼쳐서 걔의 갓 돋아난 젖가슴에 갖다 댔었다. 걔 말로는, 내가 너무나 웃어서 팬티에 오줌을 지릴 판이었단다. 우린 둘 다 그 일에 대해서 아무 말도 안 했지만, 너무나 적절한 위치에 자리 잡은 그 손이 우리 사이에 걸려 있었다. 가브리엘, 얘도 다르지 않았다.

방학 캠프는 8월 30일에 끝날 예정이었다. 그러면 그들 모두 다시 떠날 텐데. 시간에 제약이 없고 한 해가 우리 앞에 온전히 놓여 있다면 생각할 여지가 생길 텐데. 난 방학이 끝나면 죽을 것 같았다. 자전거 사고로라도. 아이들 낮잠 시간에, 책임자 모르게 마티외의 방으로 올라가려고 우리는 틈새를 찾아냈다. 이젠 어머니의 모습이 떠오르지 않았기에, 어머니가 이런 내 모습을 본다면, 하고 생각하지 않았다. 때때로 시간 가는 줄 모르고서 늦은 밤까지 머무르게 될까 봐 겁이 났다. 그런 일은 일어날 수 없었다, 사실 그렇게까지 무분별하지는 못했으므로. 내 몸속의 빈 공간에 이미 익숙해진 뒤였고, 결국 성공적으로 일을 치르는 데 있어서 그게 그렇게 커다란 역할을 하지는 않았다. 하지만 마티외에게 이런 생각을 대담하게 말하지 못했는데, 그랬더라면 그는 기분이 상했겠지. 난 그게 공정하다고 생각했다. 만약 쾌락이 오로지 저 안쪽에만 존재한다면, 여자는 남자가 뚫어 주기 전까지 결코 욕구를 가질 수 없다는 소린데, 내가 보기에 그건 말도 안 되고 윤리에도 어긋난다. 르 푸엥 뒤 주르를 떠나오는 길에 어린애들을 돌보는 마티외와 잠깐 같이 있었다. 아이들은 떠들어 댔고, 선생님 애인이에요? 그러고는 의기양양한, 우와! 보통은 조무래기들, 쩍하면 들러붙는 고것들을 좋아하지 않는데, 그때 거기서는 아이들의 피구 하는 모습을 눈여겨보기 시작했다. 그때 아이들은 「우리는 여름의 아이들」을 노래했고, 그 애들과 나, 우리는 마치 같은 동아리인 것 같았다. 그 아이들 모두 행복해 보였고, 방울눈에 콧물을 흘려대는 좀 부실한 애들마저도 그래 보였다. 여자 강사들이 부러웠다. 나도 마티외, 어린애들과 함께 그곳에 남을 수 있었다면 좋았을 텐데. 그 순간 모두에 대한 애정이, 특히 낙오자들, 너무 거창한 말인가, 부모 말마따나 가진 게 아무것도 없는 사람들, 그러니까 보잘것없는 사람들에 대한 애정이 샘솟았다. 어쩌면 제법 괜찮은 남자애와 잤기 때문에 내가 우월하다고 느꼈을 수도 있다. 특히 그들과, 아이들과, 심지어 나이 든 사람들과도 가깝게 느껴졌다. 어려서는 쉰내 나고 꼰대스럽고 한물간 인물들이 너무 싫었다. 이젠 끝. 그런데 무엇 때문에 가까움을 느낄까. 젊음을 잃은 그들의 몸뚱이, 그들 눈에 어리는 교활함과 내가 발견한 것 사이에는 아무런 연관이 없는데. 내가 느끼는 행복과 내가 열두 살 적에 맹렬하게 파헤쳤던 사전적 정의 같은 것들 사이에도 아무런 연관이 없었다. 뭐라 콕 짚어 말하기 어려운 것이, 행위들이야 언제든 이야기할 수 있지만, 쾌락만 해도 벌써 덜 그렇게 되었다, 그건 비밀과 흡사하므로. 어느 날 오후, 마티외 숙소의 빛들이창 가까이에 서 있었다. 그가 침대에서 담배를 피우는 모습을, 비스듬한 햇살이 그의 배를 가로지르는 광경을 지켜봤다. 그래, 내면 일기를 쓰겠어, 그의 방을, 어쩌면 그의 성기까지도 다른 언어를 사용해서 묘사하겠어. 우리는 지미 헨드릭스를 듣고 있었고, 현재라는 것을 그렇게나 강렬하게 느껴 본 적이 이제껏 없었다. 열여섯이 된다는 게 이런 거라면, 비명을 지를 정도로 충일한 날들, 행복했다. 유년기 전체가 갑자기 의미를 띠었고, 유년기가 여기 이곳으로 왔다. 방학이라, 외할머니 집에서 술래잡기를 하고 있다. 집 뒤편 쐐기풀 사이에 숨어서 사람들이 날 찾아내기를 기다리지만, 사람들은 날 잊어버렸고, 야릇한 침묵만 가득하다. 나는 안, 아……ㄴ. 내 앞으로 미래가. 그 미래에 도달할 때까지 살기. 난 다시 아이들과 합류하는데, 그 경험은 마치 성모 마리아나 아무 성인이든 상관없는데, 구름 속에서 모습을 드러내는 성인을 본 것 같았다. 그런데 내가 드디어 거기, 미래에 와 있다. 하나로 어우러짐. 둘이서만, 혹은 다른 강사들과 함께 이야기를 나눈다. 그들이 내게 익숙하지 않던 수많은 말들을, 그렇게 토쏠리지는 않아, 라든가, 걸려든다, 라든가, 짭새가 감시한다, 라든가 따위를 가르쳐 줬고, 난 좌파, 우파, 무정부주의자, 공산주의자 사이의 차이를 보다 잘 이해하게 됐다. 여전히 헷갈리겠지만, 이젠 아무 상관 없다. 내가 그런 무리와 함께 생활했더라면 모를까. 어차피 그 개념들은 안개 낀 듯 모호할 테고,

내 부모는 그 네 부류 중 그 어디에도 속하지 않는다. 교사들은 자신의 정치색을 밝히느니 차라리 불구덩이에 뛰어들 테고, 그리고 심지어 교사에게는 그럴 권리가 없는 모양이다. 그래도 교사들의 생각과 그들이 이야기해 주는 것 사이에 무슨 관계가 있는지를 알아낸다면 그건 매우 유용할 테니, 때려 맞혀야 한다. 마티외의 이야기를 들으면서 그가 하는 말이 정당하며 지적이라고 생각했지만, 어쩌면 내가 여전히 잘 이해하지 못해서 그랬는지 몰라도, 몇 가지 사소한 것들은 예외적으로 눈살을 찌푸리게 했다. 그는 모든 게 대중 교육에 달렸다고 주장했다. 그가 옳았고, 방캠에서 꼬맹이들이 여기저기 뛰어다니는 모습을 보면 단지 좋은 직업이라서가 아니라 진심으로 교사가 되고 싶어졌다. 그런데 대중이라는 말은 받아들이려고 해 봤자 소용없었다. 집에서도, 동네에서도 모두 늘 아옹다옹 다퉜고, 내 생각에 그건 그다지 한 덩어리를 이룬 모습이 아니다. 그러고 나서 우리 자신을 하나의 회색 블록, 나 역시 그 한복판에 놓여 있는 그런 블록으로 보다니, 난감하다, 대중이란. 책임 및 자유를 배우다. 그 두 단어는 뜨거운 열기로 가득하고 옷을 아주 가볍게 걸치는 한여름에 특히 쩔게 실감 난다. 집에 돌아가는 것, 그건 마치 마구간으로 돌아가는 것 같았다. 오, 하느님, 그들이 내가 무슨 짓을 하고 다니는지 아무것도 모르게 해 주세요. 그들을 이해시키기 위해서 내가 할 수 있는 일이란 뭐가 있겠는가. 극좌들은 상점을 때려 부수지, 절대 포기하는 법이 없거든. 그들은 날씨, 정원, 도로 위에 북적이는 피서객에 대해서나 떠드는데, 거기 어디에다가 혁명을 넣겠는가. 그들을 위한 혁명은 다른 사람들이 대신해야겠지, 그렇게 해 준대도 그들은 찬성하지 않겠지만. 그 난리를 피우고 뭘 얻는다고, 옛날엔 안 그랬단다. 어쨌든 난 그들을 위한 혁명을 소망하지 않았는데, 그걸, 혁명을 머릿속으로 그려 보면, 거기, 그 안에 그들은 절대 없다. 마티외는 또한 내가 노동자 계급에 속한다는 사실을 절대 잊지 말아야 한다고, 그건 중요하다고 말했는데, 처음에 난 거의 수치심을 느꼈다. 내게 놀라웠던 것, 그건 그 속에 늘 잠겨 지냈음에도 그 어떤 특별한 점도 알아차리지 못했다는 사실이다. 그거야, 네가 부르주아들과 비교할 수 없으니까 그렇지, 부르주아들을 안다고? 정말 그럴까? 진정 안다고는 말할 수 없었다. 안과 의사를 떠올려 봐도, 안녕하세요, 안녕히 계세요, 예, 그게 전부니까. 교사들은 다른데, 그들을 어느 쪽에 넣어야 할지 모르겠다. 어느 오후, 말문이 막힌 채 지켜보는 촌뜨기들의 눈길을 받으며, 다 함께 방캠 근처 마을에서 야단법석을 떨며 노래를 불러 댔다. 그건 새란다, 얘야. 난 나머지 모두보다 더 크게 소리를 질렀다. 경계심 가득한 내 부모와 비슷한 사람들 앞에서 나의 해방을 드러내는 것이 만족스러웠다. 문제가 생길 위험도 덜했다. 내가 풍기는 분위기나 가끔 늦는데도 불구하고, 어떻게 부모가 한 주가 넘도록 아무것도 눈치채지 못했을까, 궁금하다. 나 역시, 어머니가 가끔 프티트 비테스에 갔다는 사실을 제외하면 도대체 그들이 하루 종일 뭘 하며 보냈을지 말할 수 없다. 어머니를 몰래 따라가 봤다가, 부모라는 사람들은 별로 활동적이지 않음을 깨달았다. 그들은 의심하지 않았는데, 어쩌면 부모란 그들이 바라는 자식의 장래 모습만을 바라보며 걷기 때문에 나머지 모든 일에 대해서 그렇듯이 졸보기가 되거나, 어쩌면 그들은 눈을 뜨기까지 시간이 필요한지도. 이제 아흐레가 남았다.

　다 같이 모여서 여자 지도 강사의 생일을 축하했는데, 차분한 터라 내 마음에 들었던 여자로, 그녀가 누구랑

자는지는 몰랐고, 신비롭달까, 스무 살엔 나도 저 여자처럼 됐으면 했다. 아주 오래전부터 나이 든 여자들, 어른 여자들을 지켜봐 왔고, 나도 저렇게 될 거야, 혼잣말을 하지만 가만 생각해 보면 그건 가능하지 않다. 그래도 여전히 그런 생각을 많이 하는데, 그 누구와도 닮지 않으리라고 상상하기란 끔찍하니까. 우리는 발포성 포도주를 잔뜩 마시고 꼬맹이들이 부르는 론도를 부르고는, 이어서 예전에 알베르트가 이야기했듯 점잖지 못한 노래들을 불렀다. 결국 웃자고 부른다는 점에서는 전부 다를 게 없었다. 그리고 얀. 내 앞에 앉아서 곱상한 얼굴로 기타를 치던 얀. 그가 날 갖기 위해서 어떻게 할지, 그러고는 내게 어떻게 말할지 그때의 내가 어찌 알겠는가. 그 애가 지닌 남자로서의 비밀. 남자들끼리의 우정, 그건 거품이고 허세다. 난 절대 일어나지 않을 일을 미리 아쉬워했다. 앞뒤로 흔들, 좌우로 흔들. 얀은 오른쪽에서, 마티외는 왼쪽에서 내 허리에 팔을 둘렀고, 노랫소리는 멀어졌는데, 무슨 일인가가 아랫도리, 내 몸속에서 일어나고 있었으니, 오른쪽으로 두려움이 다시금 찾아들었다. 얀이 나를 애무했구나, 하는 생각이 들었다. 윤리적 갈등이 일어야 했을 텐데, 적어도 마음을 정하고자 동전 던지기라도 할 수 있었을 텐데. 그러는 대신, 마치 그 일이 기정사실인 양 미리 조여든 목구멍으로 노래를 불렀다. 서로의 몸을 애무하는 과정을 거쳐야만 자유롭게 말할 수 있다고 지나치게 믿는 편이었는데, 그런 생각을 일상생활에서 실천으로 옮길 수는 없는 일, 그래도. 그리고 마티외. 아득하게 멀어진 마티외. 그해 8월, 과거는 미래 앞에서 전혀 무게감이 없었다. 호기심, 내 나이엔 그게 당연하고, 그 반대가 오히려 이상하다. 단지 그로 인해서 어디로 튈지 모르고, 그리고 여자애들의 호기심을 좋게 봐주는 법이 없다. 지금 나의 호기심은 점점 줄어들다가, 마음속에서 바싹 마른 상태다. 그 순간에도 여전히 느긋함으로 가득한 행위들을 상상했으니, 난 얼마나 멍청한지. 방캠 꼬맹이들의 저녁 식사 시간, 6시가 다 되어 갈 무렵이었으므로 얀은 서둘렀다. 함께 귀리밭까지 갔는데 살짝 고민이 되었다. 다른 사람과 같은 장소라니, 그 배경 탓에 스스로를 좋게 볼 수 없다. 그 귀리밭, 그것은 흐르는 동시에 흐르지 않는 시간이었다. 그는 말이 많지 않았는데, 처음에 그런 수고는 필요 없다. 그런데 그 처음이 오 분을 가지 못했고, 난 약간 흥분했을 뿐이라서 그의 속도를 따라가지 못했음에도, 그는 전혀 개의치 않았다. 난 그가 이렇게 거칠게 행동하는 까닭이, 이를테면, 그가 다른 사람의 뒤를 이어받은 셈이어서 그러는 것임을 깨달았다. 틀림없이 그는 내내 생각했던 거였다. 난, 그가 이전에 함께 잤던 여자들을 궁금해하지 않았다. 그가 그러는 이유는 제대로 밝혀지지 않았는데, 그에게 난 남자를 밝히는 여자로만, 그것 말고는 다르게 보이지 않음을 느꼈다. 숙소로 날 만나러 와. 거절했다. 돌아가는 길에, 그는 내 마음에 들었던 그 여자 교관이 자기 여자라고 말했다. 걔 귀에 아무런 말도 들어가지 않는 편이 낫겠지만, 오, 뭐, 중요하지 않아. 처음으로 남자애들과 나 사이에 무시무시한 구렁이 생겨났다. 그때까지 나는 적어도 이런 순간에 그들과 비슷한 것 같았는데, 내가 뭔가를 놓친 것이었다. 난 항의했고, 그에게 그런 말을 할 권리가 없다고 거의 소리 지르다시피 했다. 얀. 난 설명할 수 없는 뭔가를 느낄 때 소리를 지르고, 그럴 권리는 없어, 그런 말밖에 못 한다. 그놈의 얀이 내게 도덕을 가르치려 들었다. 사람들이 널 그렇게 취급하는 게 싫으면 너 스스로 이 손 저 손 타는 물건처럼 여기지를 말든가. 대번에, 당연히 모든 일이 후회스

147

러워졌다. 마티외도 어쩌면 똑같은 반응을 보일지 모른다고, 얄짤없이 날 떼어 내리라고 느꼈다. 하지만 난 여전히 다 만회할 수 있다고 생각했다. 자전거를 타고 돌아가는 길. 어서 내일이 되어서 마티외가 나를 무시할지, 혹은 얀이 내게 손톱만큼도 중요하지 않음을 이해시킬 수 있을지 알 수 있었으면 좋겠어, 자기도 가브리엘을 사귀다가 버렸으니, 어쩌면 내게 뭐라 하지 못할 거야. 심지어 얀, 걔는 자기 애인을 따돌리기까지 했다. 아무리 생각해 봐도 스스로가 물건처럼 느껴지지 않았다. 그게 아니라면 마티외 역시 날 물건처럼 사용했다는 뜻인데, 비록 본인은 단 한 순간도 그랬다고 생각하지 못하는 듯 보였지만. 그의 표정에 어리던 우월감을 떠올리면 나의 논리는 무너졌다. 논리조차 남자애들의 자신감 앞에서는 쪽을 못 쓴다. 집에 돌아가니 분위기가 험악했다. 즉각 나 때문인가 했지만, 그게 아니라, 두 사람이 드라이브하고 쇼핑도 하다가 접촉 사고가 있었단다. 들어오다가 못 봤니, 뭘, 금방 눈에 띄는데, 뭐가, 차지 뭐긴 뭐야, 네 아버지가 그렇지 뭐. 내게는 다른 고민거리가 있었다. 그리고 휴가 때면 서로 너무 오래 붙어 있으므로 당연히 다툼 없이 지나간 적이 한 번도 없었

다. 마티외에게 이런 이야기를 들려준 적은 없었는데, 대
격돌의 밤, 그게 어떤지 아주 어려서부터 잘 알았고, 두 사
람이 떠나가라 소리 지르며 싸우면 경찰까지 출동할 테지,
그럴 때 난 귀를 막았다. 이제 그런 일에 덜 민감하기는 하
지만 말이다. 차라리 그날 밤엔 기분이 좋을 지경이었다,
그 덕분에 말을 하지 않아도 됐으니까. 나까지 끼어들어
서 일을 더 복잡하게 만들 때가 아니었고, 두 사람은 그들
다툼이 내게 영향을 미칠 수 있다고 생각해 본 적이 없는
것 같았다. 그 빌어먹을 차를 놓고 난리굿을 떨라지. 우선
두 사람과 함께 차 안에 타고 있으면 좌석의 합성 피혁 냄
새 따위로 숨이 막힐 것만 같고, 그들은 주름진 조각상처
럼 뚫어져라 앞만 보고 달린다. 서로 멱살을 잡든 말든, 난
그저 네 시간 전으로 돌아갈 수 있기만을 바랐다. 얼굴을,
가슴을 씻었다. 물의 힘을 그다지 믿지 않았지만 누군가를
떨쳐 낼 때 본능적으로 그런다. 오, 하느님, 마티외가 아무
것도 모르길. 내 눈에 내 몸이 이번 방학 들어서 처음으로
추해 보였다. 라디오를 켰더니,「밤낮으로 기다릴게」라는
노래가 나왔다. 영 조짐이 좋지 않다. 식사 시간에 두 사람
은 입을 다물고 있다가, 어머니가 툭 말을 던졌고, 어째, 르

아브르에 갈 수 있게끔 자동차가 제때 고쳐질 것 같지 않아, 등등. 설거지를 도우면서, 마티외에게 모든 일들을 설명하거나 얀이 아무런 이야기도 하지 않았거나 혹은 둘 다이거나 등, 끝없이 이리저리 내일을 그려 봤다. 어떻게 마티외가 그 일을 알지 못하게 할까, 젖가슴에도, 그래, 거기에도 욕구가 있었어, 난 나를 혐오스럽게 바라봤는데, 남자들도 거울 속에 자기 모습을 비춰 보면서 스스로가 끔찍하다는 말을 할까. 부모가, 특히 아버지가 듣지 못하게 베개에 얼굴을 묻고 울었는데, 아버지는 그 즉시 대놓고 물어보는 재주를 타고났다. 퉁명스럽게, 뭔 일이냐. 그 말의 의미는 그렇게 울고 짜고 하면서 우리를 골탕 먹인다는 것이다.

다음 날 방캠에 가려는데 마음이 그다지 편치 않아서 가브리엘을 찾아갔다. 돕겠다고 맹세해, 자기야, 내가 여전히 마티외와 사귀는 것처럼 말해 줘, 내가 갚을게. 복도에서 얀을 만났고, 난 거리낌 없이 밝게 미소 지으며, 안녕, 인사를 건넸다. 난 그가 바쁜 기색으로 던진 대답에 실망스럽기까지 했다. 안녕, 아이들 데리고 보물찾기 하러 가야 해서. 마티외가 자기 방에서 나오자, 가브리엘은 크게,

그럼 나 간다, 조금 이따 봐, 외쳤다. 그 심판관 같은 표정
에서 그가 전부 알고 있음이 분명히 드러났다. 어제 얘기
좀 해, 좋을 대로. 곧장 이야기를 나눴고, 그 짓이 더 하고
싶었으면 그렇다고 말을 했어야지. 온갖 가능성을 다 예상
했지만 내가 예상하지 못한 유일한 것은 그런 천박함이었
다. 그리고 그를 거기서 벗어나게 할 수 없을 듯했다. 그가
깍지 긴 손으로 목뒤를 받치며 침대에 누웠고, 난 멍청이
가 아니야, 번지수가 틀렸어. 대화가 가능하지 않았으므로
난 그의 곁에 앉아서 말도 안 되는 신파를 찍었다. 우리 둘
이 늘 그래 버릇했던 건 아니었다. 나를 가진 건 너뿐이야,
그는 머리카락을 뒤로 넘긴 모습으로 얼굴이 벌게져서는
한마디 말도 없이 옷을, 그것도 오로지 아랫도리만을 벗더
니, 그날 오후 내가 입고 나온 청바지를 벗기려고 들었다.
토할 것 같았고, 차라리 죽어 버렸으면 하는 마음으로 그
의 손을 떼 내었다. 몸 파는 여자들이 생각났다. 알베르트
와 둘이서 마치 그 여자들이 부럽기라도 한 듯 내내 그 사
람들에 관해 이야기하곤 했다. 청바지 위에 얼룩이 묻었
고, 그는 다리를 살짝 벌리고 침대에 무릎을 꿇은 자세로
옷가지를 다시 끌어 올렸다. 난 대번에 벙쪘다. 이젠 아무

것도 의미가 없었다. 꼬리나 쳐 대는 게, 그가 말했다. 그
는 얀처럼 생각했고 얀은 그처럼 생각했으며, 이 도돌이표
한가운데에 내가, 여기저기 굴러다니는 개똥 같은 내가 있
었다. 난 같은 층에 있는 화장실로 달려갔다. 여자 지도 강
사들의 방에서 음악이 흘러나왔다. 그들의 평온한 삶이 내
마음을 찢어 놓았다. 뻥 뚫린 변기에 대고 오랫동안 눈물
을 쏟았고, 그러고 나서 청바지에 묻은 얼룩을 지웠다. 초
등학교 시절, 어떤 여자애가 팬티에 실수를 했는데 그 사
실을 숨겼다가, 쉬는 시간이 되자 그 길로 화장실에 가서
십 분이나 있었더랬지, 우리 모두 얼마나 웃었던가. 지금
있는 이 장소에서 빠져나갈 엄두가 나지 않았다. 씻다가
젖었는데, 놓치는 게 없는 가브리엘의 두 눈은 아마 분명
알아차릴 거야. 여전히 여자 강사들 방에서 음악이 들려왔
다. 최악이었다. 화장실 입구로 힐끔 내다봤더니 복도에는
아무도 없었다. 냅다 달렸고, 이제 다시는 가브리엘을 보
고 싶지 않음을 알았다. 그 뒤 자전거에 올라타고 마구 내
달리면서 어떤 운전사가 들이받기를 바랐다. 아무런 고통
도 느끼지 않고 한 방에 가길. 가장 끔찍한 것, 그건 그들
과 어울리면서 어렴풋이나마 자유가 보인다고 믿었던 점

이다. 그들은 입버릇처럼 말했다. 처녀를 고수하는 건 정상이 아니야, 그리고 사회는 부숴 버려야 해. 난 오늘과 마찬가지로 햇볕이 침대를 비추던 어느 날 그걸, 자유를 보았는데, 그 자유라는 것, 그건 코딱지만도 못한 거였나 보다. 그들 역시 규범을 갖고 있었고, 난 그걸 몰랐다. 자전거를 타고 가면서 훌쩍거렸다. 그런 규범이 있다는 낌새조차 못 알아챘는데, 규범의 바깥에 놓이는 건 몹시 가혹하다. 이와 비슷한 일이 남자애에게도 일어날 수 있을까? 분격한 여자애들이 남자애한테 돌아 버릴 정도로 모욕을 주는 일이? 나로서는 상상도 할 수 없었다. 내겐 규범 혹은 규칙이, 부모나 학교가 제시하는 것 말고 내 몸을 가지고 뭘 해도 되는지를 아는 데 필요한 규범이 결여되어 있다는 생각이 들기 시작했다. 남자애들은 금기에 관한 규칙을 제시해야 하지 않을까, 상대방이 금기를 선호할 수도 있고, 그 경우 더 실용적이다, 알고 난 뒤에 선택하면 되니까. 특히나 외동딸의 경우에는. 남자애들이 나와 다르게 사고하고 느낀다고 어떻게 예상하겠는가. 그들 모두 역겨웠고, 청바지를 빨겠다고 화장실의 누런 세면대에 담그고 있던 내 두 손이 다시 떠올랐다. 그들 모두 그것이나 뚝뚝 떨구

고 다니면서. 자동차들은 국도를 쌩쌩 달렸고, 그중 몇몇
은 지나가면서 내게 경적을 울려 댔다. 개자식들. 햇볕 덕
분에 청바지가 바짝 말라서 집에 돌아갈 수 있었다. 다른
곳으로 갈 수만 있었다면, 하지만 어디로, 늘 같은 문제. 철
책까지 다 왔는데, 반팔 블라우스 주머니에 쑤셔 박아 뒀
던 안경을 꺼내서 다시 쓰지 않았음을 깨달았다. 꺼내어
보니, 안경알 하나에 금이 갔네, 퍼뜩 기억이 났다. 침대에
서 버둥거렸지, 대참사. 이제 대참사와 맞서야 할 차례였
고, 다른 생각은 나지 않았다. 손에 안경을 들고 거실로 들
어갔더니 어머니가 아버지의 스웨터를 손보고 있었다. 즉
각 야단법석, 난 그 속으로 뛰어들었고, 울면서 저절로 그
렇게 됐다고 항의했다. 어머니가 한탄했고, 너 때문에 우
린 지레 늙겠다. 아버지가 달려왔고, 사 준 지 한 달도 채
안 된 새 안경을, 일부러 그러기라도 하는 거냐, 얘는 아끼
는 게 없어, 넌 우리가 돈을 어디서 훔쳐 오는 줄 아는 거
냐. 게다가 안과 의사도 다시 만나야 하다니. 두 사람이 내
게 호통을 쳐 대서 마음은 차라리 가벼워졌고, 그 덕분에
눈물을 쏙 뺐고, 흘릴 수 있는 눈물이라는 눈물은 다 흘렸
다. 사실 두 사람은 월말이면 가끔 돌아오는 가계 수표들

을 근근이 맞춰야 했는데, 내가 그 안경을 어떻게 작살냈는지 그들이 봤어야 했다. 게다가 이제 두 사람은 안경에서 이미 다른 데로 넘어가서, 도대체 뭐가 부족해서 저럴까, 누가 보면 집에서 돌보지 않는 줄 알 거야, 염병, 선생님들은 어찌 생각하는지 보러 가야겠어, 학업에 필요한 책들도 이것저것 많을 텐데. 어쨌든 그런 이야기는 안경과 아무런 연관도 없어 보였지만 말대답하지 않았는데, 마음에 그보다 더 안 좋은 일이 걸려 있었으니까. 어쨌든 아버지가, 건강 보험에서 보장해 줄 거야, 처방전만 찾아내면 될 거다, 어쩌면 안과에 다시 가지 않아도 될지 몰라, 말했다. 해결책이 보였다. 그러나 어머니는 그렇게 빨리 화를 가라앉히길 거부했다. 아버지는 보다 차분했는데, 자기 실수로 망가뜨린 차를 생각하는 모양이었고, 그 때문에 내 편에 섰다. 너 안경 안 쓰고 있었지, 그렇지, 어머니가 계속 다그쳤다. 그게 아니라면 꾸미고 싶으셨나 봐, 아가씨, 누구한테 예쁘게 보이고 싶으셨을까. 어머니가 다 알고 있나 해서 겁이 났다. 절대로 그 무엇도 어머니에게는 완벽하게 숨길 수 없었는데, 부모라는 존재는 그런 거니까, 자는지 먹는지 거길 씻는지 염탐하기. 그런데 어머니는 대단한 걸 알았다기보다 그저 촉이 발동한 모양이었다. 네 친구, 그 잘난 가브리엘 말이야, 너 걔 때문에 헛바람 든 거지, 걔가 머리를 길게 기른 이상한 남자애랑 함께 있는 걸 봤다. 아버지가 멍청한 표정을 지으며 난처해했다. 공부 생각을 해야 한다는 걸 잘 아는 애를 가지고 왜 그래, 안 그러냐, 안, 아버지는 거의 애원조로 말했는데, 그 말인즉슨, 말 좀 들어라, 날뛰지 마라, 조용히 좀 살자. 예전에는 아버지와 함께 놀면서 노래를 불렀다. 담장 위에 올라앉은 작은 암탉, 딱딱한 빵을 쪼아 댔네, 꿀파리, 똥파리, 뭔파리. 얼마나 먼 옛일인가. 어머니는 외할머니를 닮아 가는 것 같았는데, 다리가 퉁퉁 부었다. 삼십 년 뒤에 그녀가 죽을 때 나도 그녀의 나이가 되어 있겠지, 끔찍한 사슬. 숨이 막혔다. 어머니가 연신 떠들었고, 두 마리 토끼를 다 잡을 수는 없어, 지금부터는 네게서 눈을 떼지 않겠다, 암, 어림도 없지. 서로 이렇게나 다른 생각을 하고 있을 때면 대답할 길이 없다. 대역죄, 자기 어머니 패기. 여섯 살 적엔 그런 생각을 하는 것만으로도 실제 그런 일이 벌어질까 봐 두려움에 떨면서 두 눈을 감았더랬다. 이젠 어머니가 떠나 버린다면, 죽어 버린다면, 그만큼 좋았으리라. 어쨌든 내 머릿속에선 이미 그녀로부터 떠났으니까. 난 안경을 식탁 위에 놔두고, 처음으로 다투다가 나가 버리는 용기를 발휘했다. 예전엔 두 사람이 나더러 어떤 애인지를, 못돼먹고, 어쩌고저쩌고 얘기를 해 대도 의자에 꼼짝 못 하고 앉아 있었다. 내 방에서 한 차례 더 울었고, 어른도 이렇게 우는 걸까, 그러니까 그런 것이 눈물 젖은 이승의 삶인가. 금 간 안경알 하나 때문에 그들이 소리를 질러 대서 운다. 그건 돈이 들 뿐이지만 지금 나머지 모든 것들이 다 잘못돼 가고 있다. 옷을 벗고 거울에 내 모습을 비춰 보며 서 있는데, 옆방에서 두 사람이 내는 소리가 들려왔다. 늘 해 오던 사소한 일들, 자명종을 맞추고 스위치를 끄는 소리. 내 몸을 만질 엄두가 나지 않았는데, 마티외가 말했더랬지, 이제부터 그건 내 거야. 마치 그 이후에 벌어졌던 사건이, 수치심이, 존재하지 않았던 일인 양 계속 그 말을 생각했다. 그토록 말을 믿다니, 말도 안 돼. 그건 한낱 오해였어, 난 그렇게 생각해 버렸는데, 집에 돌아와서 엉뚱한 일로 혼꾸멍이 난 게 너무 끔찍했으니까. 라디오를 아주 작게 켰더니, 또, 밤낮으로 기다릴게, 늘어지는 노래지만 마음에 들었다. 거울에 비친 햇볕에 그을린 내 모습을, 몸 한가운데의 거뭇한 부분을 봤다. 벌써 두 사람이 잠든 소리가 들렸다, 적어도 어머니는. 아버지는, 끄지 못하겠니, 그래, 라디오 말이야, 우리 잠을 방해하는 방법도 가지가지구나, 소리를 질렀으니까. 난 어머니와 같은 몸을 가졌고, 두 사람이 하는 행위를 나도 했다. 불 끄라고 하는 말 안 들리니, 어서 자라. 저런 말보다야 어찌 다른 모든 걸 더 좋아하지 않을 수 있을까. 다음 날, 방캠 바깥에서 마티외를 만나 얘기해 보겠다고 다시금 결심했다. 제대로 된 섹스를 하고 이전과 같이 신뢰를 나누려고. 어쩌면 미친 소리 같겠지만, 적어도 내 쪽에선, 이건 찐사랑과 닮은 듯했다. 그를 기다렸고, 그가 왔고, 그러고는 헤어짐, 아름다운 시에서처럼. 난 수많은 음반을 들었고, 노래를 듣다 보면 늘 그런 얘기였는데, 물론 노래에서는 한심하다든가 루저라든가 따위의 말을 쓰지 않으므로, 절대 그렇게 보이지 않는다. 여자애랑 함께 그 안을 한 번도 헤집어 본 적 없다는 말은 하지 마, 저런, 너, 딱지 떼 달라고, 어쨌든 이런 말이 찐사랑 속으로 들어올 수는 없으니까. 이전의 안경을 쓰고 시내로 나갔다. 사야 할 것들을, 개학에 필요한 연필, 공책 등을 찾아냈다. 특정 시간에 그를 만날 가능성이 있는 거리를 걸어 다녔고, 그가 담배와 신문을 사곤 하던 카페 앞도. 연달아 사흘 동안 그러고 나니 내가 기를 쓰고 뭘 찾는지조차 알 수 없었다. 가끔은 정말 그와 잠을 잤는지도 확신이 서지 않았다. 투 라이 투 라이, 영어로 '라이'는 거짓말도 된다. 상점 진열대에는 벌써 책가방이 나와 있었고 스웨터도 보였는데, 아직은 덥고 건조했다. 난 오토바이들이 뒤엉켜 서 있는 장소마다 걸음을 멈췄고, 그의 오토바이와 비슷한 것을 보면 납이라도 달린 듯 움직이지 않는 다리. 매번 잘못 본 거였다. 엄마에게 경각심을 심어 주지 않으려면 서둘러, 특히 그녀가 일하는 날이 아니라면 서둘러 집으로 돌아가야 했으므로, 차라리 예전처럼 그녀가 공장에서 일하는 편이 낫겠다 싶었고, 그랬더라면 마음을 졸이지 않았을 테니까. 아이들을 더 잘 돌보려고 집에 있는다는데, 거기에 좋은 점만 있지는 않아서, 자신이 어느 입장에 서는가에 따라 달라진다. 내 경우, 그건 정말 성가셨다. 왜냐하면 그를 볼 수 있으리라고 확신하는 시간대가 있었고, 그건 저녁 6시쯤인데, 그 시각엔 집에 있어야 했으니까. 어머니가 분주하게 움직이며 다림질하고 거친 손으로 리넨 제품의 주름을 펴며 끊임없이 조잘대는 모습을 지켜봤다. 모든 게 깨끗해야지, 우리 커튼이 우중충 잿빛이면 사람들이 뭐라 하겠니. 사실 누구나 나름의 자부심은 있으니까. 8월 말에, 르 푸엥 뒤 주르 방학 캠프가 끝나 가는 그 시기에, 그녀를 사랑하기를 완전히 그만둔 것 같다. 지도 강사들은 떠나갈 테고, 난 이곳에 남아서 고등학교로 진학하고, 전부 다 망치겠지. 화장실의 누런 세면대, 수치심만 떠오를 거야. 주근깨가 잔뜩 있는 그녀의 손, 바투 깎은 손톱. 타일 바닥에 묻은 더러움을 닦아 내려고 몸을 숙일 때 두 다리가 벌어지면서 회색 치마가 팽팽하게 당겨지면 거들 윤곽이 드러난다. 허물어진 몸. 그녀에게서, 다른 여자들과 마찬가지로 늘 같은 대화를 나누고 같은 표현을 사용하는 그저 어떤 여자에게서 내가 이미 떠나왔음을 느꼈다. 꼬맹이였을 때 그녀를 숭배했음을 생각하면, 이해할 수 없는 일이었다. 그녀의 목소리, 손님을 치르는 날이면 그녀 가슴에 기대어 잠들면서 형체를 갖춘 말들이 태어나는 소리를 들었는데, 그것은 웅웅 울렸고, 마치 내가 그 목소리로부터 태어나는 것 같았다. 전부 다 죽으라지, 아버지도, 하지만 그녀는 아냐. 그녀가 바닷가 절벽에서 허공을 굽어보면 난 공포에 질려서 기절할 것 같았다. 내가 심술궂어서 나를 벌하려고, 내가 필요 없음을 보여 주려고 그녀가 저 아래로 떨어질 거야. 그리고 내가 너무 나쁜 짓을 하면 나를 죽일 권리. 그거 만지면 안 돼, 아무한테도 보여 주면 안 돼, 알지. 그녀만, 그걸 씻기고 새 팬티를 입히기. 그녀의 소유물. 알베르트가 날 가르치기 시작하자, 나는 그녀가 죽어가도 그냥 내버려 둘까 봐 스스로 겁이 났다. 그러면 흐르는 피와, 돋아나는 가슴, 뒤쫓아 다니는 남자들이 등장하는 시기를 결코 겪지 못할 텐데. 내 육체는 그녀에게서 벗어났는데, 아마도 그녀는 알아차리지 못했으리라. 그녀가 병이 났더라면, 괜찮은 해결책일 텐데, 그녀 손가락 사이로 빠져나가서 거리로, 거리로. 그녀는 나를 애지중지하며 치마폭에 감쌌고, 난 그녀의 물건들을 가지고 변장을 했는데, 부엌 냄새와 분 냄새가 났고, 그리고 그녀의 팬티, 어떻게 거기 생겼는지 모르지만 마른 얼룩이 있었고, 거기에서는 벌어진 성기 안쪽의 냄새가 났다. 늘 그녀와 함께 자고 싶어 하는 나. 오줌 눠라, 오줌 누고 싶지, 참으면 안 돼, 그건 나쁜 거야. 난 참는 게 나쁘다고, 죄악이라고 생각했다. 그 부위에, 축축한 쾌락을 느낀다. 하지만 그녀는 쾌락에 대해서는 절대로 말하지 않았고, 우리 사이에서 이야기할 수 있는 유일한 것은 오줌. 연달아 사흘 동안 6시 무렵이면 집 안에서 맴돌았다. 걔는 시내에 있을 거야, 오토바이를 세워 두고 가게에 들어갔다가 다시 나오고, 이제 셔츠 안에 신문을 넣겠네. 그녀를 죽여 버리고도 남을 지경이었다. 늘 남자애들, 사내들을 경계했고, 어쩌면 아버지까지도, 맞아 그랬다. 이봐요 화장실 문 좀 닫고 해. 아니, 어디서 이런 늙다리 포주 같은 인간이, 여기 사람 있는 거 안 보이나 봐, 계속 그러면 경찰을 부르겠어. 그녀가 용서하지 못할 가장 커다란 잘못, 그건 내가 쾌락을 누리는 것. 다행히도 알베르트가 있었다. 하지만 그걸로 충분하지 않아서 그 뒤 그녀 주위를 맴돌며, 오래된 철로 다리에 글자와 함께 그려 넣은 남자의 살몽둥이와 여자의 그곳처럼 붉고 검은 비밀들을 내게 말해 주기를 바랐다. 그것만 생각났고 혼자서 그 생각을 하기는 버거웠으니, 그녀가 그 엄청난 부담으로부터 날 해방시켜 준다면 좋았을 텐데. 시간을 보니, 6시 반, 다 끝났다. 그녀는 아무것도 말해 준 적이 없기에, 나중에라도 혹시 우리끼리 그런 종류의 대화를 나누게 되었다면, 난, 사악한 것, 관심 있는 척 연기했겠지. 여자애들은 그러면 안 돼. 흠결 없는 행실. 뷔롱 부인, 다행히도 그건 돈이 있든 없든 아무 상관 없는 거라고 내가 늘 말하지 않나요. 어제만 해도 그녀가 다시 그런 주장을 폈다. 바로 그런 이유로 더는 그녀를 사랑할 수 없었고, 그녀는 내 안에서, 내 주위에서 내가 느끼는 대로의 세상을 설명해 주는 법이 없다. 그녀는 같은 말만 반복하는 것 같다. 어느 순간부터 그녀가 그 엉터리 수작으로, 공부니 도덕이니 정의 따위를 들먹이며 나를 꽁꽁 싸매기 시작했을까. 어려서는 말에 주의를 기울이지 않았으므로 유년기의 추억은 무성 영화다. 만약 마티외가 없었더라면 나는 그런 걸 전혀 깨닫지 못했을 테고, 어머니는 날 미치게 했으리라. 그게 다지, 뭐. 그녀는 돌이킬 수 없이 때를 놓쳤다.

8월 30일, 5시 반쯤 집을 나섰다. 구두 찾으러 그 시간에 오랬어, 그럼 내일 가지 그래, 싫어 바로 내일 신고 싶어, 시끄러 다른 거 신으면 되지, 그건 내 원피스랑 안 어울려, 까다롭기는, 적어도 언젠가 신으려면 가지고는 와야지, 알았어 하고 싶은 대로 해. 자, 출발, 그녀와 나눈 가장 긴 대화이고 여기엔 숨은 목적이 있다. 그게 아니라면, 신발이 뭐 그리 흥미로운 얘기라고. 가게 앞에 서 있는 그의 오토바이, 이번엔 확실해. 난 정면의 복합 상가로 급하게 들어갔고, 진열창이 거리 전체를 비추는 거울 역할을 하므로 푸르스름하게 보이는 모습들, 웬 횡재. 하지만 서점의 여자 직원들이 내 쪽으로 슬쩍슬쩍 고개를 돌려서, 마치 누군가를 기다리는 듯, 시계를 들여다봤다. "도대체 뭘하고 있는 거야, 걔는." 그가 나왔고, 손에 신문과 헬멧을 들고 있었다. 오토바이에 올라타더니 발을 땅에 디딘 채 헬멧을 채웠다. 등을 살짝 구부리며 실드를 내리고, 시동은 걸지 않은 채 내 쪽으로 반 바퀴를 돌았다. 난 바로 상가 입구에 있었다. 그가 시동을 걸었고, 어쩌면 앞을 봤을 수도 있겠지만, 헬멧을 쓰고 있었으니 나로서는 알 길이 없다. 날 본 것 같지는 않았다. 집으로 돌아가는 길에 입을 벌리고 고개를 살짝 뒤로 젖힌 자세를 취했는데, 흘러내리려고 하는 눈물을 막을 때 쓰는 방법이다. 그러고는 거리에서 이러고 다니면 나를 또라이 취급할 텐데, 그 생각에 겁이 났는데, 내가 미치지 않았음을 여전히 확신하지 못해서이다.

무엇보다도, 9월 들어 아버지가 다시 일을 시작하면서 말했다. 이런 말을 할 건 아니지만 막판엔 지겹더라, 진짜 그랬어, 마지막으로 마티외를 본 다음 날, 난 티브이 앞에 앉아 있었고 아버지, 그는 신문을 읽고 있었는데, 벌들이 커튼 주름 사이에 갇혀서 못 나오자 아버지는 신문으로 벌들을 후려치고는 라이터로 불태웠다. 르 푸앵 뒤 주르에 발을 들여놓기 전과 마찬가지인 일상이 다시 시작되었다. 아침이면 창가에 시트와 담요 들을 차곡차곡 개켜 놓고 그녀가 먼지를 턴다. 번쩍번쩍 완전 깨끗. 난 카페오레를 한 잔 타 놓고 그 앞에서 빈둥거리며, 타르틴을 하나 먹고 또 하나 먹었고, 버터를 잔뜩 발라서 먹으며 입속에서 느껴지는 그 맛만을 생각했다. 아마도 그녀는 내가 인사를 하는 둥 마는 둥 했음에도 아침에 나를 봐서 만족스러운 것 같다. 잘 잤니 어제 천둥이 쳤는데, 난 못 들었어. 그녀는 내가 곧 고등학교에 진학한다는 생각을 하느라 나머지에는 전혀 관심이 없다. 본인은 여공이었으니까. 주위를 둘러봤고, 다시 낯선 집처럼 느껴졌다. 난 마티외를 다시 만날 거고, 그가 내게 편지를 쓸 거고, 그는 내 주소를 몰랐지만 가브리엘을 통해서 얻어 낼 거고, 왜냐하면 가브리엘이 너구리에게 주소를 줬을 테니까, 그리고 마티외는 너구리와 아는 사이였다. 어쩌면 그는 내년에 르 푸앵 뒤 주르로 돌아올 거야. 과제와 고등학교에서 새로 만난 사람들 사이에서 보내는 일 년, 구렁. 이 년 뒤 성년이 되면 파리로 가서, 그가 다니는 대학에서 그를 되찾을 거야. 떠나기, 즉각, 그리고 일자리를 얻기. 그런 생각은 딱 한 번 해 봤다. 역, 플랫폼, 군중, 그리고 또 뭐가 있으려나, 손에 작은 여행 가방을 들고 홀로 선 내 모습을 떠올리는 것만으로도 지레 겁이 났다. 늘 그러다 보면 떠오르는 것은 골 때리는 인간, 다니엘. 세상은 우리 것이 아니라는 사실을, 세상 무서운 줄 알아야지. 어머니가 바깥에 빨래를 널었고, 빨래를 말리기에 참 좋은 날씨네. 이웃 여자도 마찬가지. 떠날 수가 없어. 마티외가 사서 읽던 신문을 몰래 샀고, 적어도 그의 생각을 간직하고 싶었지만 그건 무척 어려웠다, 지금 여기서 겪는 것과 너무나 동떨어져 있으니까. 난 이제 아무것도, 도서관의 책들도 읽지 않는데, 더는 공감이 안 된다. 잘은 모르겠지만 진정 내 삶을 들려주는 이야기가 필요하리라. 그런데 그건 이런저런 이야기 중 하나가 아니므로 그 이야기를 읽을 일은 거의 없겠지. 신문 가판대에서 『잃어버린 환상』이라는 책을 발견하고 책장을 넘겨 봤지만 읽히지 않는다. 나와 같은 환상은 아닌 모양이었다. 그 뒤에, 사람들이 말하듯 이른바 "민감한 나이"인 청소년

을 위한 신문을 뒤적여 봤는데, 남자랑 자고 버림받은 여
자애들이 발에 치인다. 왜 그 애들은 자기네 이야기를 이
여자에게 늘어놓으려고 하는지 궁금했다. 무슨 대답이 나
올지 뻔히 알면서. 친애하는 어린 친구에게, 다 잊고 어쩌
고저쩌고. 내가 찾는 것은 해결책이 아니라, 7월 이래로 벌
어졌던 그 모든 일이 왜 일어났는지, 왜 이제는 정말로 못
참겠는지, 이러니 어떻게 살아가야 하는지에 대한 설명인
데, 그런 내용은 애정 문제를 다루는 상담 편지에 나와 있
지 않다. 어떤 여자애가 임신했다고 징징거렸고, 끔찍해라
기타 등등, 어머니에게 다 털어놓으세요, 그 여자는 정색
하고 그렇게 답했는데, 무슨 그런 엄청난 농담을. 그 자리
에 날 놓아 봤다. 대재앙을 피해 갔음이 얼마나 다행인지,
이제 그런 일은 내게 일어날 수 없을 텐데, 어느 날 아침
그 사실을 알았다. 흐르는 피와 더불어 뭔가가 떠나갔고,
내 몸속이 알아서 내몰고 씻어 냈으므로, 이제 마티외와
관련된 것은 아무것도 없다. 울적하다. 달력보다야 생리로
세월을 더 잘 가늠할 수 있는데, 두 생리 주기 사이에 벌어
진 그 많은 사건들. 알베르트가 끄적거려 가며 몰래 봐 줬
던 운세가 생각났다. 알아먹었지, 이게 생리 터진 첫날이

야, 잘 봐, 끝내주게 잘 맞아. 이게 네 운세야, 며칠 늦으면
그것도 미래를 점치는 데 중요해. 금요일, "슬픔"이라고 써
있었고, 9월 3일, 만남, 이틀 늦음, 다시 슬픔. 환한 전망은
없고 맥 빠질 뿐. 방을 정리하고 개학맞이 용품들을 준비
했다. 난 정말로 많이 먹기 시작했고, 하루 종일 비스킷과
소시지를 달고 살았다. 드디어 비가 내렸다. 정원에 나가
서 빨래를 널 때면 사악한 늙다리 변태가 늘 거기 있었다.
이제 그런 것이 내게 무슨 영향을 줄 수 있을까, 저 인간이
애벌레처럼 벗고 다니든가 말든가. 안녕하세요, 아저씨.
어머니가 필요한 것들을 꼽아 보라고 했다. 400프랑까지,
더는 안 돼, 그리고 암소가 앞치마 두른 듯 안 어울리는 것
들도 안 돼. 길바닥에 돈을 뿌릴 수는 없다. 어머니가 이번
엔 그것의 양이 너무 많아 "보인다"며 놀랐다. 그녀가 몰래
내 속옷을, 그리고 쓰레기통을 뒤적거린다는 사실을 늘 알
고 있었다. 일주일 넘게 출혈이 있자, 단둘이 있으면 자꾸
물었다. 어디 아픈 데 없니? 희한하네. 어머니가 그 이야기
를 꺼내면 거북했고, 생리, 그게 그녀와 나 사이에서 말할
수 있는 부분, 빙산의 일각이지만, 만일 생리가 중단되면
그것만으로도 그 이야기는 위험해지리라. 개학 전 토요일,

두 사람은 슈퍼마켓에 갔는데, 차는 이미 고쳐 뒀더랬다. 트렁크를 꽉 채워서 돌아왔고, 어머니가 차 내부를 아버지는 차 외부를 청소했다. 모든 게 다시 시작되었다. 주말의 흥청거림, 물청소, 서부 영화를 틀어 대는 티브이, 가요. 그들을 그렇게 바라보다가, 한 방에 미칠까 봐 덜컥 겁이 났다. 난 거대해진 고양이를 들어 올렸고, 아버지는 고양이가 곧 새끼를 낳을 거라고, 이미 새끼를 낳은 적이 있으리라고 말했다. 개학에 신경 쓸 수 있는 상태가 아니어서 나 또한 개학이 두려웠던 모양이다.

다행히 안경은 개학 첫날부터 쓸 수 있도록 제때 수리되었다. 셸린만 나와 한 반이 되었다. 늘 학기 초에만 열의에 넘치는 교사들이 줄줄이 들어와서 날 정신없게 했다. 초등학교에서처럼 다 같이 열을 지어 책상에 앉았고, 그런 방학을 보냈던 난, 스스로 겉도는 느낌이었다. 교사들을 대하면서 마음이 편했던 적은 한 번도 없었다. 가장 친절한 교사들조차도 늘 경계하는데, 첫날은 더더욱 눈에 띄지 않게 몸을 움츠리기 마련. 그들은 학생 모두를 내려다보며 부지런히 눈알을 굴렸다. 어떤 학생들은 벌써 영리한 대답으로 바삐 날아다니는 그 눈길을 사로잡으려고 애썼다. 시간표를 나눠 줬고, 목요일 아침 시간이 비었지만, 내겐 아무 상관 없었다. 화창한 날이었고, 창문을 통해서 붉은 담과 또 다른 창문들을 잠깐 내다봤다. 이 얼굴들을, 특히 여자애들이라면 전부 다 알고 지내야 하겠지, 문학 계열 반에는 남자애들이 많이 몰리지 않는다. 두세 명은 괜찮아 보였지만 그중 누구도 나와 사귈 만하다고는 여겨지지 않았는데, 모두 공붓벌레로 보였다. 게다가 남자애들은 늘 학교에서 여자애들에게 관심 없는 척한다. 쉬는 시간에 휴가 얘기를 하느라 와글와글. 셀린은 곧 나 말고 다른 여자 친구를 찾아내리라는 느낌이 들었는데, 우리 둘은 서로 비슷한 데가 별로 없다. 걔는 유고슬라비아에서 한 달을 보냈다. 걔가 블라우스 안에 싸매 둔 그 가슴으로 남자애와 어디까지 가 봤을지 궁금했는데, 우리는 타인에 대해서 아무것도 모른다. 국어 교사가 늦어도 삼 주 뒤에 제출하라며 작문 과제를 내줬다. 예전에는 개학을, 혼란스러움과 새 얼굴들을 좋아했는데, 이제는 낯선 곳에 와 있는 기분이었다. 개학 후 수업이 없는 첫 번째 수요일에, 참지 못하고 르 푸앵 뒤 주르에 다시 가 봤다. 방캠은 닫혀 있었고, 작은 빛들이창은 내가 서 있는 쪽에선 보이지 않았다.

풀밭을 따라 걷다가, 다 같이 모여서 대화를 나누었던 첫날, 탈이 난 개가 싸 놓은 검은색 똥을 봤다. 한 달하고 반. 이 똥은 얼마나 더 여기 남아 있을까. 거기에 있는 게 행복했는데, 그러지 말았어야 했다. 자전거를 타고 돌아오는 길에 계산해 보니, 외할머니가 죽은 지도 두 달이 됐다. 두 달 전, 할머니 역시 죽음의 낌새를 전혀 알아차리지 못했다. 사람들이 빌려준 싸구려 대중 잡지들과 가톨릭 계열의 시사 주간지 《르 펠르랭》을 읽고 있는 할머니의 모습이 상상됐다. 할머니는 다락에 말린 강낭콩 다발을 거꾸로 매달아 놓아서 그 밑을 지나갈 때면 바스락댔다. 그런데 이미 나이가 많았다, 할머니는.

　지난 7월에 본 가브리엘의 친구들, 소형 오토바이를 타고 다니던 무리 중 한 명을 만났다. 그는 멈춰야 할지 말지 어쩔 줄 모른 채 뱅글뱅글 돌았고, 난 인도 가장자리에서 기다려 줬다. 마티외나 방학 캠프 따위가 있기 이전의 누군가를 다시 만나고 싶었다. 요컨대 전조가 되는 신호를. 그건 마치 이미 지나간 방학이 여전히 앞에 놓여 있어서 모든 것이 다시 시작되는 일이나 마찬가지였으니까. 그의 이름은 미셸이고, 열여덟 살이었다. 그에게 특히 부족한 것, 그건 대화를 끌어가는 능력이었는데, 그 남자애는 정비소에서 일하기 때문에 적절한 이야깃거리를 던져서 만남의 목적을 잊게 하기에는 공통의 관심사가 많지 않았다. 남녀가 친구가 된다는 것, 그것은 허세, 혹은 그 일이 있고 난 다음이든가. 그래서 목요일 아침에 만나기로 약속했다. 그는 잔꾀를 부리리라. 부모 때문에 나 역시 그럴 텐데, 그들을 속여 넘겨야겠다면 늘 그럴 수야 있지만, 단지 피곤하다. 그 남자애의 너무나 창백한 두 뺨을 보면서 그럴 만한 가치가 있나, 궁금해졌다. 그저 이미 시작한 일, 밀고 나가야지. 목요일 아침, 눈을 떴을 때, 그 남자애를 만나야 하는 일이 고역으로 다가왔다. 침대에 있는 것이 좋다. 얼굴 근처의 시트는 차갑고, 시트 속은 따듯하다. 내리닫이 잠옷이 허리까지 올라와 있어서, 그 일을 기억해 내려고 다리를 벌리다가 지레 울고 싶어졌다. 그는 고등학교 옆 골목에, 정문과 제법 떨어진 곳에 있었다. 고딩 남자애들과 나, 걔네는 걔네고 나는 나, 서로 어울리지 않는다. 그는 장난삼아 내 다리 사이로 오토바이를 밀어붙였고, 그러다가 간간이 앞바퀴를 들어 올리면서 엉덩이를 들었다 놨다 안장을 박아 댔다. 그가 날 야릇하게 바라봤으므로 난

처했지만, 나는 안장에 앉은 그의 청바지 속에 싸인 부분을 이미 보았기 때문에, 앞으로 내가 뭘 하게 될지 잘 알고 있었다. 우리는 비스트로로 갔다. 그는 게임기 쪽에 엉덩이를 바싹 붙이고 핀볼을 했고, 게임기의 불빛이 번쩍거렸다. 그가 내 곁에 주저앉더니 내 가방을 뒤지기 시작했다. 안경을 꺼내 들기에 난 소리를 질렀고, 안경을 깨트린 채 집에 돌아가면 난 소년원 가야 해. 그러자 그가 교과서들을 끄집어내더니 인상을 찌푸린 채 책장을 넘겼다. 그는 갑자기 다시금 울적해져서 눈을 감았고, 전부 다 나를 짜증 나게 한다는 걸 넌 모를 거야. 그의 문제까지 떠안기에는 나 자신도 모든 것에 신물이 난 상태였지만, 굳이 왜 그런지 물어는 봤다. 걔는 말에 조리가 없어서 부모니 일이니 했고, 전부 다 좆같아, 라고만 되풀이했다. 어쩌면 그와 나 사이에 공통점이 있는 것도 같았지만, 언어 문제로 대화는 이어지지 않았다. 난 그에게 혹시 정치에 관심이 있느냐고, 신문 뭐 읽니, 물었고, 오 왜 이래 골치 아프게, 그는 자신이 모르는 이야기를 내가 하는 것을 좋아하지 않았다. 난 마티외에게서 들었던 설명을 그대로 옮겼는데, 그가 모르는 내용이었다. 남자애들은 누군가 가르치려고 드는 것을 좋아하지 않음을 확실히 깨달았다. 혹시 써먹을 일이 있을지 몰라서 건축 중인 건물들을 눈여겨봐 뒀더랬다. 날이 제법 쌀쌀했다. 저녁에 아버지는 어머니 발이 얼음장 같다고 툴툴대며, 절대 그 차가운 것을 자기에게 가까이 가져다 대지 말라고 한다. 그것은 가을과 추위를 알리는 신호다. 난 얇은 니트 위에 두툼한 스웨터를 껴입고 벨벳진을 입었다. 무슨 말을 해야 할지 몰라서, "있잖아, 우리 처음 봤던 때, 가브리엘도 함께였잖아, 외할머니가 그로부터 이 주 뒤에 돌아가셨어." 그는 화들짝 놀란 듯했고, 원인이 뭔데, 아무것도 아냐, 갑자기 돌아가셨어, 저런. 다른 날과 마찬가지로 그날도 여전히 시간에 쫓겨서, 꼭 한 시간의 여유가 있었다. 그의 숨소리는 시끄러웠고, 그 점이 마음에 들지 않았다. 그 애는 지저분한 말이든 다정한 말이든 아무 말도 하지 않았지만, 행복하고 다정해 보였다. 부모 말대로 아무하고나 나다니는 것, 그게 바로 이런 거구나, 나는 걔 성도 몰랐고 그저 어느 정비소에서 일하는지만 알았다. 아무런 느낌도 없기에, 내가 옷을 너무 많이 껴입어서 그런가 보다, 생각했다. 내 목덜미에 놓인 걔의 손이 차갑게 느껴졌고, 게다가 우리가 숨어든 건물은 아직 건축 중이라서 찬 공기가 여기저기로 스며들었다. 그가 두툼한 스웨터 밑으로 손을 넣었지만 마찬가지였다. 그의 손을 치워 버리고 싶었는데, 특히 역겨웠던 건 그의 감긴 두 눈이었다. 그게 느껴졌다. 아니, 성기라고 제대로 말해야지, 일반적인 그 단어, 그래, 이번에는 그게 잘 어울렸다. 그것 때문에 살짝 구역질이 일었고, 몸속의 우묵한 곳을 떠올렸는데, 마치 저 멀리, 위장의 윗부분부터 경련이 시작되어서 거기까지 미치는 느낌이었다. 방캠에 간 날 입었던 그 벨벳진이었다. 민감한 나이라는 여자애들이 보내온 상담 편지가 생각났다. 욕구가 전혀 생기지 않을 때는 어떻게 해야 할까요, 그래요, 원치 않는다니, 그런데 그건, 모든 여자들이 그래요, 만약 간호사라면……. 그가 점점 더 역겨워져서 몸을 떼어 냈다. 집에 가 봐야 해, 어머니가 또 꼬치꼬치 캐물을 거야. 그가 몹시 당황하며, 난 상관없어. 나는, 그럴 리가, 생각한다. 스웨터를 끌어내리고 머리를 매만졌다. 만지되 쾌락은 느끼지 말자, 자, 그 해결책이 여기 있다. 우린 손을 잡고 도로까지 나왔다. 그를 다시 만나고 싶은 생각은 없었다. 그러니 좋게 헤어지는 편이 낫다. 집에 돌아와서 비밀 수첩을 꺼냈다. 얀과 마티외

아래에, '9월 22일 목요일'이라는 날짜와 함께 미셸의 이름을 적어 넣었다. 토요일에 학교에서 돌아오니 어머니가 말하길, 얘 신문에서 봤니? 누가 결혼하게, 알베르트 르투란다, 세자린 거리에 살 때 너 개랑 같이 놀았잖니. 심지어 이미 결혼해서 긴 드레스를 입은 채 사진에 찍힌 알베르트는 좀체 알아보기 힘들었다. 아버지가 묻길, 누구랑 결혼하는 거래, 철도원인데 사무직인가 봐, 좋은 짝을 만난 것 같네. 모든 일이 기름칠한 듯 잘 굴러갈 때처럼, 모조리 순리대로 흘러갈 때처럼, 두 사람은 만족한 표정이었다. 난 개의 모습을 보고 기운이 쏙 빠졌다. 알베르트, 물론 내가 닮고 싶은 사람은 아니지만 함께 재미있게 놀았는데, 풀밭에 누워서 두 팔과 두 다리를 허공에 들어 올린 채 누가 오래오래 버티는지 놀이도 했고, 그리고 또, 피가 잔뜩 밴 생리대를 보여 줘야 해, 공수표는 떼지 마, 개는 약속을 지켰다. 예상치도 못하게 옆집의 그 늙다리 변태 남자가 출몰했던 그날, 이사한 지 고작 일주일 됐을 때였고, 아마도 그래서 그 남자는 그런 짓이 가능하다고 생각했나 본데, 변태들은 별의별 괴상망측한 생각을 잔뜩 품고 있으니까, 자기 정원 한복판에서, 바로 우리 앞에서라니. 겁은 안 나더라, 허세 뿜뿜 알베르트가 말했지. 난 그게 렌즈를 뗐다 붙이는 사진기인가 했는데, 그가 주머니에 손을 넣고서 바짓가랑이를 양옆으로 잡아당겼다. 알베르트가 소리를 질렀다. 경찰에 신고할 거예요, 두고 보라지. 이리 와, 안, 보지 마, 눈 버려. 비행기 승무원을 하고 싶어 했던 알베르트, 난 상드라라는 이름을 써야지, 말했는데. 걔가 학교에서 공부를 잘하진 못했잖아, 그만하면 성공했지 사실, 말이야 바른 말이지, 타이피스트니 단출한 살림이야 잘 꾸려 갈 테고, 남편도 철도원이면 뭐, 여전히 그 이야기를 하면서 두 사람은 이러쿵저러쿵 떠들어 댔다. 그 여자가 정말로 내가 아는 그 알베르트일까. 걔는 웃어 대며, 애가 생기면 변소에 버릴 거야, 했다. 내가 알던 걔라면, 누가 걔를 변하게 했을까. 아버지가 소리를 질렀고, 아니 넌 대체 아무 할 말도 없냐, 점심 내내 말이 없니, 어째. 수업 시간에 집중하기가 점점 더 어려워졌다. 처음엔 전부 쉬운 것 같았는데, 작년에 배운 것들과 이어지는 내용들이었으니까. 여름 방학 전의 난 우수한 학생이었다. 수학에서 개떡 같은 점수를 받았는데, 다행히 부모는 학기가 끝날 무렵에나 그 사실을 알게 되리라. 물리 시간에 교사를 보니, 그는 그토록 냉철하고 이지적인데, 난, 책상 앞에 엉덩이를 붙이고 앉은 굼벵이. 이와 비슷한 이야기가 있는데, 장사치들은 왕에게 여러 필의 천을 바치고, 그런데 그 망할 천을 실제로 만져 본 사람은 아무도 없고, 하지만 모두가 그 천에 감탄한다는 내용. 난 옛날이야기에 나오는 그 얼간이들과 똑같다. 아니, 더 나쁘지, 나만 교사가 쏟아 내는 말 속에서 아무것도 보지 못한다는 생각이 든다. 다른 아이들을 보노라면, 무엇이 그들을, 그러니까 셀린과 다른 아이들을 나서게끔 자극하는 걸까, 선생님 말씀을 이렇게 받아 적고 있어요, 발표하게 해 주세요, 그럼 이날 하렴, 예, 선생님. 나도 필기를 하는데, 안 그러면 눈에 띄니까, 그러나 다시 읽어 보면 알 수 없는 상형 문자일 뿐. 이제 너무 어려워진 걸까, 집에서 두 사람이 말하듯 공부를 따라가자면 머리가 있어야 한다. 사실 여기까지 계속 올 수 있었음에 제일 먼저 놀란 사람은 난데, 나 또한 알베르트처럼 기술 학교에 갈 줄 알았다. 오랫동안 스스로의 서민적 환경 탓에 셀린만큼 똑똑할 수 없다고 생각해 왔다. 내가 옳았어, 그 증거, 교사가 되기 위한 출발이 영 시원찮다는 사실. 처음엔 사회 복지사를 희망했는데, 부모에게 그 얘기를 했더니 어머니가 대답하길, 그 일이 번듯한 직업은 아니지, 지저분한 집들 속에까지 들어가 봐야 하고 별의별 사람들을 대해야 하고, 출신지도 모르는 수상쩍은 인간들도 만나야 하니, 네가 그 일에 어울릴 것 같지 않다. 8시, 교실에 앉아 있는 내 모습을 보면, 마치 아무 일도 일어난 적 없고, 우리 사이에 아무런 차이도 없는 듯 보인다. 오직 지성만, 그 자그마한 보이지 않는 불꽃만이 존재할 뿐 수업 중에 육체란 없는데, 내 몸은 나의 여기저기를 들쑤셔 댄다. 셸린과 함께 집으로 돌아가는 길, 시선은 전방에 둔 채 건성건성 이야기를 나누었다. 이전엔 나보다 더 우수한 학생이 아니었는데, 매우 고르고, 느긋한, 느릿느릿한 단단한 갈색의 덩어리. 쟨 아마 집에서 아무 문제도 겪지 않겠지. 쟤가 사는 아파트도 안과의 실내처럼 널찍하고 햇빛이 잘 들고 근사할 거야. 쟤 부모도 내 부모처럼 학업, 처신 따위에 대해서 줄곧 주절댈지 궁금하다. 알아내려고 해 봤다. 그렇단다, 저쪽 부모도 애가 대입 자격시험을 보고 대학까지 가길 바란단다, 하지만 너무나도 당연히 그러리라 생각해서, 우리 부모만큼 자기 딸을 닦달하지 않는다. 우리 부모가 짜증나는 존재인 까닭은, 내가 거기에 도달하지 못하리라고 겁을 내기 때문이다. 셀린을 참아 내기가 점점 힘들다. 그 애와 나란히 걷다가 돌연 내가 그 애보다 우월하다고 느꼈는데, 여름 방학 전이었다면 절대 해 보지 않았을 생각이었겠지만, 내 부모의 별 볼 일 없는 직업, 월말만 되면 빠듯하게 맞춰지는 가계, 집에서 빈둥거리는 휴가 등, 그 애는 겪어 보지 않음이 분명한 수많은 일들을 나는 알고 있으니까. 하지만 그런 얘기를 셀린에게 절대 꺼내어 놓을 리 없으니, 그게 우월감은 아님이 틀림없다.

　　말할 수 없기로야 10월 초에 시작된 그 일도 마찬가지. 피를 보는 것, 그건 정말 행복한 일이라고 늘 생각했는데, 남자애들처럼 싸워야지만 피를 흘리는 것이 아니라, 평온하게, 아무런 폭력 없이, 매달 보니까. 이번에는 늦어지고 있었다. 어느 일요일, 무척 더운 날, 엘리즈 이모 집에 갔더니, 이모가 아버지에게, 쟤 언제 결혼시킬 거예요, 말했고, 아직 시간 많아, 답했고, 어머니가, 우선 공부부터 해야지, 두 마리 토끼를 쫓을 수는 없잖아, 덧붙였다. 난 이런 대화가 오가는 동안 얌전하게 미소를 띠고 있었는데, 어머니를 이제 더는 사랑하지 않는다고 해서 모두가 지켜보는 가운데 마음을 아프게 하고, 두 사람이 헛소리를 한다고 말해야 하는 건 아니다. 그들 역시 아직까지 두 마리 토끼의 순서가 제대로 지켜졌음에 만족해하며 미소를 지었다. 그러고는 바로 뒤를 이어서, 소스를 뿌린 음식을 먹으며 다시 모니크와 다니엘의 이야기를 꺼냈다. 모니크 이모, 여전한 화냥년, 다니엘, 두말하면 잔소리지, 용감하면 일자리를 구하는 법이라고 말해 봤자야, 물불 못 가리는 놈. 이번 달에는 그것이 전혀 비치지 않을 것 같았고, 어쩌면 달이 바뀌어도 그럴 것 같았고, 그것이 이유 없이 멎어 버린 것 같았다. 그들 모두 이야기를 주고받았고, 내 머릿속은 그들의 말로 바둑판처럼 잘게 나뉘었다. 그건 마치 세자린 거리에 살던 시절, 밤에 그 장난을 할 때처럼, 커다란 어둠이 내 위로 덮치는 것 같았는데, 이 식탁에 놓인 물잔의 밑바닥보다도 크지 않은 공간으로 축소되었다. 이제 굳이 생리를 해야 할 이유가 없다. 이모가 묻길, 안, 혓바닥이 달아났니? 예전에는 이보다 말이 많았잖니. 달아난 건 오히려 그들의 혓바닥, 그들의 언어이다. 내 안에서는 모든 것이 뒤죽박죽이고, 그들이 하는 말과 들어맞는 것이 아무것도 없다. 마티외, 그래, 걔가 이미 그런 말을 했던 것 같은데, 걔 생각은 하지 않는 편이 더 낫다. 돌아 버릴까 봐 겁이 난다. 저녁에 그녀가 나더러 너무 많이 먹는다며 꾸짖길, 사람들이 널 뭐라고 생각하겠니, 늘 살짝 배고프다 싶을 때 식탁에서 일어나야 하는 거야. 저녁은 집에서 먹었는데, 정작 그녀 자신은 싹싹 닦아 먹은 듯 깨끗한 자기 접시에 빵 부스러기들을 모아서 털어 넣었다. 아버진 벌써 보고 싶은 영화 앞에 앉았다. 그래, 이번 달에도 여전히 아무것도 안 보였어? 응 없었어, 저런 어쩌다가 그렇게 엉망이 됐지. 그 뒤로도 매일, 웃음기 싹 빼고 상냥한 말 한마디 없이 어머닌 되풀었다. 그러나 아버지가 곁에 있으면 다른 이야기를 했다. 그녀 역시 이젠 나를 사랑하지 않는 거다.

보나 마나 다음 주 토요일에 그녀가 배불뚝 영감에게 날 끌고 갈 테고, 그 생각만 하고 있을 터였다. 여전히 살짝 의심되었지만 전혀 겁나지 않았는데, 알베르트와 난, 서로 애무하는 것만으로도 애가 생길 수 있다는 둥, 신문을 보면 임신했다고 해서 반드시 생리가 멈추지는 않는다는 둥 말도 안 되는 이야기들을 잘도 해 댔더랬다. 대기실에서 그녀는 테이블 위에 놓인 신문 중 그 어떤 것도 읽지 않았다. 루벨의 병원은 춥고 그다지 호사스럽지 않다. 조각이 되어 있는, 살짝 좀이 슨 장식장이 하나 있는데, 값비

싸 보인다. 우리 집에선 새것만 좋아하는데. 그녀는 발끝을 안쪽으로 모으고, 두 손은 안과에서처럼 가방 위에 올려 두었다. 분명 이번에도 나 잘되라고 하는 일이겠지. 모든 것이 바르게 나아가도록. 질서 정연. 어쩌면 저 가엾은 여자는 어그러짐 없는 조화도 믿는지 모른다. 스스로를 위해서라기보다 날 위해서. 대번에 어머니의 모습 하나가 떠올랐다. 뷜레로즈에서 모니카 이모, 다니엘과 함께였고, 난 일곱 살이었는데, 그녀는 붉은색 꽃무늬 원피스를 입은 채 커다랗게 웃어 댔고, 다 함께 해변의 물웅덩이에서 홍합을 건져 올렸다. 그녀는 너무 심하게 웃다가 오줌을 지려서 바닷물로 팬티를 빨아야만 했다. 두 여잔 바닷가 카페에서 아페리티프를 마시고, 우린 다니엘이 그 옆 제과점에서 사 온 케이크, 슈크림을 먹는다. 두 여잔 허리가 끊어져라 웃고 아페리티프가 반짝인다. 지금의 그녀가 하는 말, 고수하는 원칙과 너무나도 동떨어진 그 이미지. 튀지 말고 열심히 일하라, 부자는 아니지만 반듯하게 살자. 그녀가 부유한 사람들에 대해 뭘 알고 있을까. 바깥에서 바라본 저택들, 티브이에서 본 거실들, 일요일이면 우리 집 앞으로 말을 타고 지나가는 아가씨들, 다그닥, 다그닥, 들썩이는 볼기짝, 머저리 같은 모자를 쓰고 아무에게도 눈길을 주지 않는 그 아가씨들을 제외하면. 셀린은 말을 탄다. 어머니 자신도 모르는 뭔가에 날 도달하게 하려고 끝없이 금지하기만 한다. 아마 부자가 아닌 집안이라면 다 비슷하겠지. 어머니들은 그중에서도 더 나쁘다. 그녀가 여전히 붉은색 원피스에 감싸인, 그날의 그 한없이 묵직하던 살덩어리였더라면, 그저 웃어 대고 내가 무슨 짓을 하든 제지하지 않던 존재였다면 좋을 텐데. 루벨이 진료실의 문을 열었다. 그는 우리를 경쾌하게 맞이하다가, 어머니에게서 내게 무슨 문제가 있는지를 듣고 나자 심각해졌다. 그가 그 분홍색 머리통을 내 가슴에 갖다 댔고, 그다음엔 눈길을 허공에 던진 채 내 배를 촉진했다. 그녀는 그의 손끝이 비밀을 끌어올리기를, 드디어, 왜 이제 제대로 작동하지 않는지 알게 되기를 기다렸다. 내가 태어난 뒤로 그는 내 몸과 관련된 이야기를 빠짐없이 두 사람에게 들려줬다. 난 예전보다 더 줄어든 듯한 그의 머리통을 바라봤고, 그는 청진을 하려고 의자에 앉은 채 몸을 살짝 비튼다. 난 어찌 됐든 그가 아무것도 발견하지 못하리라 확신했고, 둘 다 샘통. 의사가 그녀의 유일한 관심사에 대해 답을 줄 수 있었더라면. 얘가 아직 처녀인가요, 선생님은 확인해 봐도 되잖아요. 그녀로서는 알아낼 수 없는 것, 그 일을 그가 말아 줘야 하고, 뚫어지게 바라보는 그녀의 눈길에서 그녀의 의도를 감지해야 할 텐데. 그는 신중했는데, 어쩌면 시끄러운 일을 원하지 않았을 수도 있다. 단순한 에메노리아 (amenorrhea)예요, 부인, 젊은 아가씨들에게서 흔히 보이죠, 약을 좀 먹으면 다 제자리로 돌아올 겁니다. 그녀가 전문 용어를 알아듣지 못하자, 의사는 '무월경'이라고 다시 쉽게 말해 줬다. 그러나 그녀는 안심하지 못한 것 같았고, 대체 이유가 뭔가요, 선생님. 이런저런 걱정과 학업 등이죠, 아시다시피 고민이 많은 나이잖아요. 그가 영리하게 굴었고, 청소년기에 넘는 고비죠, 다들 마찬가지예요. 의사가 어머니에게 나에 대해 아무런 설명도 하지 않았더라면 더 좋았을 뻔했는데, 보나 마나 그녀는 의사의 말을 철석같이 곧이곧대로 믿을 참이었다. 그녀는 안과에서보단 덜 빠르게 돈을 건넸고, 의사의 설명에도 그녀가 혼란스러워한다는 인상을 받았다. 나의 뭔가가 그녀로부터 빠져나갔으니까. 문턱을 넘어서자마자 그녀가 말하길, 필요하다면 전문의를 보러 가야지, 널 이렇게 놔두지 않겠어, 정상으로 돌려놓아야 해. 아버지에게는 말하지 말자, 걱정하실 거야. 늘 의사와 그녀만. 우리는 돌아가는 길에 한마디도 하지 않았다.

　벌써 알약 한 통을 다 먹었지만 효과가 없다. 고등학교에서는 점점 더 엉망이 되어 간다. 집에서 물리 교사를 욕했다. 두 사람은 그런 걸 봐주지 못한다. 아무렴 네 선생이 너보다야 더 많이 알지 않겠니. 그래서 난 차라리 다시 방을, 다시 책을 택하지만, 단지 읽는 척할 뿐 더 이상 그런 데에 관심이 없다. 이제 이웃 여자는 추위 때문에 빨래를 자주 널지 않는다. 학교가 끝난 뒤 시내를 돌아다니는 쪽이 더 좋지만, 어머니가 프티트 비테스에서 일하는 날에만 가능하다. 마티외와 닮은 남자들은 늘 보인다. 긴 금발과 오토바이. 난 달린다, 그들이 돌아본다, 난 멈춘다. 적어도 그들 스스로가 마티외와 닮았음을 안다면 우린 서로 말이 통할 텐데. 단지 닮았기 때문에 난 그들을 쫓는다. 하지만 그들의 태도를 보면, 내가 자기네 꽁무니를 쫓아다닌다고 생각한다. 중학교 마지막 학년 때 배웠던 책이 생각났다.『위대한 몬느』, 뭔가를 찾아다니는 남자. 하지만 그 책을 들여다보면 주변을 신경 쓰지 않고 싸돌아다니는 건 늘 남자애들이어서, 위대한 몬느다움이라는 것이, 그다지 유쾌하지 않았다. 이제 미셸을 다시 보고 싶은 마음은 없다. 담배가 좋긴 한데, 문제는 돈을 마련하는 일이다. 용돈을 조금 더 달라고 요구했더니 아버지가 눈살을 찌푸렸고, 그 돈이 다 어디로 가는 거냐, 정말이지 네가 돈을 벌어 봐야지 물건 귀한 줄 알 텐데. 그러기 전에 미리 가르치는 편이 더 낫지 않으려나, 그게 더 실제적이니까. 수업을 듣고 있으면, 세상이 저 멀리 떨어져서 화려하게 번쩍이는 것 같다. 정말로 그런 방학을 보냈는지, 마티외와 진짜 잤는지, 그리고 얀, 미셸과 살짝 그랬는지 스스로에게 묻게 되는데, 그렇다 혹은 아니다 사이의 차이는 아주 미미한 것 같다. 어쩌면 예정대로 고등학생이 되었고, 교사가 다음 번 과제의 제출일을 일주일 뒤라고, 모두에게 동일한 날짜를 줘서 그럴 수도 있다. 주변 모든 것이 정지한 듯 보이면 정신줄을 놓기 마련. 차라리 아예 미치광이가 되면 좋겠어, 그러면 나는 돌봄을 받고, 하루 종일 자고, 식사는 쟁반에 받쳐서 가져다줄 거고, 요양소의 사진을 보면 아주 산더미처럼 주던데, 음악이나 듣고 움직이지 않아도 될 텐데. 그게 아니면 마티외가 말하던 혁명이라도 일어났으면,

물건들을 빼앗아 갖기 위해서가 아니라 침실과 커다란 침대, 그리고 또한 여행하기 위해서 말이다. 그렇게 모두 빈털터리가 되면 어릴 적에 읽고 또 읽었던 책들이, 첫 페이지부터 부모 따위는 버려 버리고 시작하는 그 책들이 들려줬던 이야기대로, 자연과 더불어 알아서 잘 살아 나갈 텐데. 이해가 가는 일이다. 당신들을 멍청이로 만드는 건 그들이고, 심지어 그들 때문에 내가 떠나 버릴 용기조차 내지 못한 채 돌아 버리지 않으려고 애쓰고 있겠지. 다섯 살 때까지도 부모가 애들을 사 온다고 생각했다니, 사실 가만히 생각해 보면 그쪽이 훨씬 마음이 편안했을 텐데. 유년기, 청소년기는 부모에게 비용 청산을 할 수 있을 때까지 기다리며 보내는 유예 기간이고, 바로 그래서 우리는 궁지에 몰린다. 어쩌면 그가, 마티외가 틀렸을지도 몰라, 사회적 조건이 먼저가 아니라 부모가 먼저이다.

어느 날 아침, 배가 터질 듯이 부푼 고양이가 아직 정리하지 못한 부모의 침대에서 몸을 부렸다. 고양이는 더 이상 자기 몸을 혀로 핥지 못했고 액체를 삼키지도 못했다. 학교에서 돌아오자마자 어머니가 즉각 소식을 전했다. 고양이가 죽었어. 고양이를 보려고 했지만 어머니가 벌써 땅에 묻은 뒤였다. 어쩌라고, 수명을 다했는데, 사람이나 마찬가지지. 그녀 앞인데 끔찍이도 울고 싶었고, 그 때문에 힘들었다. 지난 3월, 내가 수학을 복습하는 동안 뒤집어 놓은 흙더미 위에서 구르던 고양이의 모습이 떠올랐다. 까마득하네. 어머니는 자기 침대를 정리하려고, 하루 종일 침대를 정리 안 할 수가 없잖니, 말도 안 되지, 내 방 베개 위에 고양이를 올려 뒀다고, 그러고 나서 고양이가 죽었다고 말했다. 베갯잇을 갈아야 할 거다. 베갯잇에는 가장자리가 연분홍이고 한가운데는 누런 얼룩이 하나 남았다. 고양이가 죽기 전에 지렸겠지, 오줌과 피, 그것은 내가 고양이에 대해 가지게 될 마지막 기억이다. 어느 날엔가 고양이는 죽고, 난 계속 살아갈 수밖에 없었다. 할머니도 그랬다. 그 고양이가 집에 갇혀서 우는 동안, 아버지가 뜨뜻한 상태로 땅에 파묻은 새까만 새끼 고양이들이 생각났다. 세자린 거리에 살던 시절, 어느 날, 그 고양이들을 다시금 끄집어내었고, 새끼 고양이들 전부 다 그 삐죽삐죽 솟은 털에 흙이 묻어 있었다. 잠깐 행복했더랬다. 하지만 바로 아버지가 도착했고, 어찌나 세게 내 뺨을 때리던지, 난 새끼들을 내동댕이치며 나뒹굴었다. 아버지가 양배추 속을 모

으듯 새끼들을 그러모아서 다시 파묻더니, 두 발로 꽉꽉
다져 버렸다. 새끼들은 영원히 눈을 뜨지 못하리라. 그날
저녁 내내 두 사람은 내가 미쳤다며 화를 냈고, 선생님께
혼내 달라고 하겠어, 두고 봐라. 난 아직도 이해가 안 됐다.
두 사람은 장거리를 담을 상자들과 수표책을 챙긴 뒤 반짝
거리는 자동차를 타고 슈퍼마켓으로 떠났다, 매주 한 번의
외출. 작문 과제의 기한은 이틀도 채 안 남았다. 10월의 축
제가, 생뤼크 축제가 시작됐지만, 뭘 하러 거길 가겠는가,
미셸 같은 얘들만 범퍼카 코너에 득시글거릴 텐데. 어제
그녀가 말하길, 이젠 축제니 영화니 하면서 네가 나가게
놔두지 않을 생각이다, 네가 다시 정상적으로 생리를 할
때까지는. 그 말을 내뱉고는, 자기도 모르게 입 밖으로 나
온 말처럼, 이상한 생각을 했던 듯, 얼굴을 붉혔다. 난 바니
시가 벗어지지 않도록 거실 테이블에 《프랑스 수아르》를
펼쳤다. 이렇게 비가 오면 내 방은 너무 춥다. 교사가 내준
주제에 대해서 아무 할 말도 없다. 내 마음 가는 대로 쓴
다면, 뒤죽박죽 엉망이 되겠지. 자유롭게 써도 된다면 피
와 비명에 대해 말할 텐데. 그뿐만 아니라 빨간 원피스, 그
리고 청바지도 있었다. 사람들은 사건에서 옷가지가 차지

하는 중요성을, 그리고 부엌에서의 식사도 중요함을 짐작하지 못한다. 또 한 끼 넘겼구나, 아버지가 말하고, 어머니가 피곤한 두 다리를 쭉 펴면, 나는 그 올무에 걸려서 옴짝달싹 못 한다. 그런들 뭐 대수겠어, 나도 내 부모처럼 자잘한 것들에 빠져서 길을 잃을 거야, 그 두 사람이 한 얘기를 또 하고 거듭 같은 얘기를 하기 시작하면 진정 출구란 없다. 아버지는 점심때, 다니엘이 댄스홀에서 나오다가 붙잡혔다고 우리에게 알려 줬고, 또 싸움질이래, 녀석이 제대로 된 일을 할 리는 절대 없겠지. 두 사람은 식사를 하면서 어쨌든 슬퍼 보였다. 고등학교에서 공부를 잘하지 못하면 나도 그렇게 될까. 이제는 온갖 일이 다 겁나고, 마음속에 아주 모호한 뭔가가, 마치 구름이 낀 것 같다. 작문 과제를 절대 마치지 못할 텐데, 교사는 내게 빵점을 주겠지. 바로 그 교사가 이런 말을 한다. 삶을 변화시켜야겠다는 생각이 들면, 삶을 변화시켜야 해요. 그런데 저 여자는 저기서 뭐 하고 있는 거야?

1976년 10월

달아나 버린 혓바닥

아니 에르노는 1974년『빈 옷장(Les Armoires vides)』(1974)을 발표하며 작가로서 첫발을 내디딘 이래, 어느덧 프랑스 현대 문학을 거론할 때 빠지지 않고 언급되는 주요 작가로 자리매김하였다. 특히 2021년에는 노벨 문학상 발표 시기가 다가오자 프랑스 언론은 에르노의 수상을 점치는 기사들을 쏟아 냈는데, 프랑스 문단에서 아니 에르노가 차지하는 작가적 위상을 짐작하게 해 주는 대목이다. 우리나라에서도 에르노는 고정 독자층이 있다고 말할 수 있는 몇 안 되는 프랑스 작가 중 한 명이기도 하다. 그런 만큼, 아직 한국에 소개되지 않은 작품이 남아 있다는 사실이 의아할 정도로 주요 작품 대부분이 일찌감치 우리말로 번역

되었다. 이번에 번역, 소개하는『그들의 말 혹은 침묵(Ce qu'ils disent ou rien)』(1977)은『빈 옷장』,『얼어붙은 여자(La Femme gelée)』(1981)와 더불어 작가의 초기 작품에 속한다.

에르노는 '아니 에르노'라는 이름을 가리고 글을 읽어도 그의 글임을 알아볼 수 있을 정도로, 프랑스 문단의 다채로운 정경 속에서도 자신만의 색깔을 뚜렷이 보여 주는 작가다. 그 같은 고유한 독창성은 다양한 변주를 보여 주면서도 전 작품을 통해 일관되게 유지되는 주제 의식과, 집중적인 문체 실험 시기를 거치며 정착한 독특한 문체에서 비롯한다.

"경험하지 않은 것은 쓰지 않는다."라는 작가의 발언에 잘 집약되어 있듯이, 에르노는 매번 작품 속에 자전적 이야기들을 담아낸다. 작품마다 꾸준히 사적 체험을 녹여 내지만, 굳이 엿보고 싶지 않은 민망한 개인적 영역을 노출하면서 느끼는 비틀린 쾌감이 에로노의 글쓰기 동력은 물론 아니다. 피에르 부르디외로부터 크게 영향받았음을 자랑스럽게 인정하는 작가답게, 에르노에게 사적 체험의 경험적 주체는, 집단의 사회적, 역사적, 성적, 언어적 경험의 총합과 분리 불가능한 사회적 주체이기도 하다. 이렇게

에르노의 글쓰기는 '사회적-자전적 이야기'라는 영역을 개척한다.

『그들의 말 혹은 침묵』역시 그 범주에서 크게 벗어나지 않는다. 이 소설은 주인공이자 화자인 안이 중학교 졸업과 고등학교 입학 사이의 여름 방학 동안 처음으로 사랑과 성을 경험하는 이야기를 내적 독백 형식으로 풀어낸 작품이다. 어서 빨리 미지의 성을 직접 체험하고 싶어서 안달이 나 있던 안은, 마침 여름 방학을 맞아서 그 지역 방학 캠프의 지도 강사로 온 대학생 마티외를 사귀게 된다. 부모 몰래 그토록 고대하던 성 경험을 마티외와 나눈 뒤 얼떨결에 또 다른 강사인 얀과도 육체관계를 맺는데, 마티외가 그 사실을 알게 되면서 둘의 관계는 파국을 맞이한다. 마침내 안은 세상이 무너진 듯 절망에 빠진다. 이렇게 요약된 표면적 줄거리는 얼핏 신파와 막장의 화끈한 조합처럼 다가오지만, 사실 이 작품은 에르노의 작품들 가운데, 작가가 의도했든 의도하지 않았든, (여러 가지 의미로) 웃음을 유발하는 유일한 작품일 것이다.

말간 모범생의 얼굴을 하고서, 전쟁이 일어나면 그토록 알고 싶었던 섹스를 해 보지도 못한 채 죽기는 너무 억

울하니 아무 남자하고든 자고야 말겠다는 중학생 여자애의 당돌한 생각을 들여다보면서 웃지 않기란 어렵다. 욕망에 충실한 안의 솔직성 앞에서, 기성세대가 가르치려 드는 진정한 사랑, 즉 윤리적 담론 따위는 전혀 힘을 발휘하지 못한다. 이토록 무시무시하고 거침없는 안은, 애초에 친구 가브리엘의 남자 친구였던 마티외를 놓고서도 참신한 발상을 보여 준다. 모든 것을 나누는 것이야말로 진짜 친구이니 윗도리, 아랫도리를 각각 나눠 가져야 한다고 발칙한 주장을 편다. 이 '어린 자생적 공산주의자' 안에 의해서 자본주의 사회의 근간인 사적 소유 개념은 일거에 공유 개념으로 대체되는데, 혁명의 순간이고 웃음이 터져 나오는 대목이다. 사회 곳곳에서 작동하는 규범들을 미처 내재화하지 못한 안의 탈규범적 언행과 거리낌 없는 솔직성은 청소년기를 지나온 어른들에게서 웃음을 자아내는 한편, 성과 가족과 언어 및 계급을 둘러싼 거대 담론의 비합리성을 장황한 설명 없이도 드러내는 효과적 도구로 작동한다.

안은 얀과의 사건 이후, 마티외는 가브리엘을 버리고 자신에게 올 수 있지만, 자기는 마티외의 친구 얀과 자서는 안 된다는, 남녀 관계에는 자신이 모르는 어떤 규범이 존재한다고 유추한다. 안은 평소에 열정적으로 평등과 자유에 기초한 사회 변혁을 설파하던 마티외에 의해 '남의 손을 탄 물건'으로 전락하는 자신의 몸을 보면서, 그런 이론이 현실 속에서 남녀 모두에게 동등하게 작용하지 않는다는 깨달음으로 나아간다. 안의 비판적 시선은, 여자애를 가르치기는 좋아하면서 여자애가 가르치려고 들면 질색하는 남자애들의 공통점을 예리하게 포착해 낸다. 1970년대에 이미 맹랑한 소녀 안은 21세기에 들어서야 명명된 '맨스플레인(mansplain)'이라는 현상에 일찌감치 주목한 셈이다. 또한 자신에게 약자는 짓밟히는 세상이니 당차게 맞서라고 평소 가르치던 어머니가 의사나 교사 등 엘리트 계급 앞에서 비굴하게 구는 태도를 보면서, 서민의 딸인 자신과 유복한 계층의 급우 사이에 존재하는, 뭐라고 딱 꼬집어 말하기 힘든 미묘한 차이점, 이를테면 이 사회에는 계급이, 그러한 계급이 만들어 내는 차별이 엄연히 존재함을 인식한다.

　　사회 곳곳에서 작동하는 지배와 피지배의 은밀한 관계망 속에 사적 체험을 위치시킨다는 점에서, 안은 안의 뒤를 이어 나타날 수많은 에르노 소설의 화자이자 주인공들과 본질적으로 동일하다. 그렇다면 이 소설에 감도는, 마치 에르노의 글이 아닌 듯한 생경한 감각은 어디에서부터 비롯하는 것일까? 에르노는 『남자의 자리(La Place)』 (1983) 이후로, 문체 실험의 과도기를 접고, 스스로 '밋밋한 글쓰기(écriture plate)'라고 이름 붙인 특유의 글쓰기 방식을 견지한다. 에르노의 설명에 의하면, '밋밋한 글쓰기'는 많이 배우지 못한 자신의 부모에게 편지를 보낼 때 사용하던 군더더기 없고 건조한 문체를 활용한 글쓰기 방식으로, 독자가 에르노의 글을 읽으면서 예리하고 정련된 글쓰기라는 인상을 받는 주된 이유이기도 하다.

그런데 『그들의 말 혹은 침묵』은 에르노의 작품 세계를 관통하는 주제 의식을 마찬가지로 담아내고는 있지만, 논리 정연하게 다듬어진 글과 거리가 멀다. 무질서와 혼돈이 언어의 형체를 빌려서 모습을 드러낸다면 꼭 이런 글이었을 것만 같은, 독자에게는 불친절하기 짝이 없는 글이 숨 가쁘게 전개된다. '숨 가쁘다'는 표현은 그저 비유가 아니다. 글에 늘 충분한 여백을 두어서 여백마저 말하게 하는 에르노가, 이 작품에서는 단락조차 바꾸지 않고 말을 쏟아 낸다. 작가는 내적 독백이라는 형식을 최대한 활용해서, 안의 머릿속을 오가는 두서없는 생각들, 연상들, 스쳐 가는 외부의 대화들을 가공하지 않은 채 날것 그대로 던져 준다. 끊어지고, 쓰다 말고, 뒤틀리고, 누구의 목소리인지 명시되지 않은 채 앞뒤 설명 없이 이 생각에서 저 생각으로 건너뛰는, 비문의 경계에 서 있는 문장들이 엉망진창 뒤엉킨 상태로 나뒹군다. 구사하는 어휘 역시 반듯한 표준어와는 거리가 멀다. 비속어, 청소년 사이에서 유행하는 은어, 준말, 노골적이고 질펀한 서민 계급의 언어들, 노르망디의 지역색을 띤 표현들 등, 과장을 좀 보태자면, 표준어가 아닌 말을 찾는 게 더 빠를 정도다. 게다가 안은 용광로처럼 들끓는 수만 가지 생각들을 명료하게 표현할 능력이 부족하므로, 화자가 써 내려가는 글에는 작문 교사가 질색할 만한 수많은 '거시기'들로 가득하다. 이렇게 안의 독백은 타자와의 소통을 염두에 두지 않고 뒤죽박죽 흘러가다가 불쑥 끝이 난다.

사실 이 작품의 매력은 안의 서사 자체보다는, 표면에서 진행되는 청소년의 실패한 첫사랑과 그 이면에서 이루어지는 실패한 글쓰기가 어우러지며 빚어내는 완벽한 이중주에 있다. 이 글은 성장 소설의 외피를 쓰고 있지만,

학교 교육을 통해서 위세를 떨치는 제도권의 공식적 언어에도, 그렇다고 횡설수설하는 부모의 비논리적 언어에도 안주하지 못한 안이, 자기 언어를 찾아내려고 애쓰다가 끝내 실패하고 마는 과정을 기록한 글이기도 하다. 이렇게 글쓰기에 초점을 맞추는 순간, 무질서한 혼돈을 보여 주던 글에 단단한 의미가 생겨난다.

『그들의 말 혹은 침묵』은 고등학교에 입학한 안이 작문 과제의 주제를 받으면서 시작한다. 교사는 일선에서 교육을 통해 지배 계급의 언어 패권을 공고히 하는 역할을 담당한다. 작문 과제에서 좋은 점수를 받으려면 교사가 요구하는 제도권의 언어와 글쓰기 방식을 받아들여야 하지만, 가정에서 오가는 배우지 못한 부모의 언어와 학교의 언어가 판이한 안에게 그 일은 너무나 어렵다. 안은 명료성, 논리성 등의 정해진 규칙을 준수하며 작성해야 하는 작문 과제가 주는 압박감과 무력감을, 여름 방학 동안 자신이 겪었던 은밀한 경험을 길들지 않은 언어로 쏟아 놓으면서 해소한다. 결국 과제 제출일은 코앞까지 다가왔는데, 작문 과제는 안의 노력에도 불구하고 단 한 줄도 나아가지 못한 상태다. 이 소설은, 안이 글쓰기 앞에서 느끼는 절

망을, 자신에게 '빵점'을 줄 교사의 위선을 가시 돋친 말에
실어 터뜨리는 것으로 끝난다.

알베르 카뮈에 필적할 만한 나름의 글쓰기 방식과 언
어를 찾아내겠다는 안의 글쓰기 모색은 대참사로 마무리
되지만, 결국 부모와 달리 고등 교육을 받게 될 안은 자기
계급의 언어를 부정하며 지배 계급의 언어를 체화하고 사
용하게 될 터다. 퇴행하지 않는 한, 그 대척점에 있는 부모
의 언어이자 유년기의 언어로는 되돌아갈 수 없으니까. 말
없이 식사만 하는 안에게 친척 어른이 던지는 질문은 의미
심장하다. "안, 혓바닥이 달아났니?" 영원히 상실한 과거
의 언어와 아직 도래하지 않은 미지의 언어 사이에 낀 채
'혀가 달아나 버린' 안의 모습에는, 자신만의 글쓰기 방식
과 언어를 아직 벼려 내지 못하고 온갖 형식 실험을 감행
하는 젊은 작가, 아니 에르노의 모습이 어른거린다. 그 뒤
에르노가 어떤 문학적 성취를 이뤄 냈는지 아는 독자로서
는 안의 일시적 실어증을 그다지 걱정하지 않아도 되리라.

끝으로 '옮긴이의 글'이니만큼, 번역에 관한 이야기
로 마무리를 짓겠다. 번역가의 입장에서 보자면, 이 작품
은 무엇보다도 실패한 글쓰기의 기록이다. 작가는 의도적

으로, 좋은 글을 쓰고 싶다는 열망은 있지만 아직 그럴 능력이 없는 중학생 화자 뒤에 숨어서, 너덜거리는 문장들과 입말로 그득한 작품 하나를 탄생시켰다. 작가와 독자 사이에서 소통을 책임지는 번역가로서, 프랑스어권 독자들끼리도 의미를 놓고 다투는 이 작품의 문장들을 원작에 버금가는 불친절을 발휘해서 그대로 보여 줘야 할지, 평소의 소신을 접고 친절한 번역가로 탈바꿈해야 할지 끊임없이 고민했다. 고집스레 의사소통을 외면하는 문장들을 가지고 의사소통을 시도해야 하는 난제를 만났고, 그 고군분투의 결과물이 바로 이 번역 작품이다. '이 번역 왜 이래?'라는 평이 나와야 비로소 성공한 번역이 되는, 진귀한 경험을 했다.

정혜용

옮긴이 정혜용

서울대학교 불어불문학과와 같은 대학원을 졸업하고 파리3대학 통번역 대학원에서 번역학 박사 학위를 받았다. 현재 번역 출판 기획 네트워크 '사이에' 위원으로 활동하고 있다. 지은 책으로 『번역 논쟁』이 있으며, 옮긴 책으로는 『한 여자』, 『집착』, 『동의』, 『나, 티투바, 세일럼의 검은 마녀』, 『에디의 끝』, 『연푸른 꽃』, 『지하철 소녀 쟈지』, 『식탁의 길』, 『살아 있는 자를 수선하기』, 『삐에르와 장』, 『성 히에로니무스의 가호 아래』, 『에콜로지카』 등이 있다.

그들의 말 혹은 침묵

1판 1쇄 찍음 2022년 1월 28일
1판 1쇄 펴냄 2022년 2월 4일

지은이 아니 에르노
옮긴이 정혜용
발행인 박근섭, 박상준
펴낸곳 (주)민음사

출판등록 1966. 5. 19. 제16-490호
서울시 강남구 도산대로 1길 62(신사동)
강남출판문화센터 5층 06027
대표전화 02-515-2000 팩시밀리 02-515-2007

www.minumsa.com

한국어판 © (주)민음사, 2022. Printed in Seoul, Korea

ISBN 978-89-374-4476-0 (03860)